AMOR PASSAGEIRO

MENALTON BRAFF

* * *

Amor passageiro

CONTOS

Copyright © 2018 Menalton Braff
Amor passageiro © Editora Reformatório

Editores
Marcelo Nocelli
Rennan Martens

Revisão
Marcelo Nocelli
Natália Souza

Imagem de capa
Foto de Ninil Gonçalves
(Estação da Luz, São Paulo)

Design e editoração eletrônica
Negrito Produção Editorial

Dados Internacionais de Catalogação na Publicação (CIP)
Bibliotecária Juliana Farias Motta (CRB 7/5880)

Braff, Menalton, 1938-
    Amor passageiro / Menalton Braff. – São Paulo: Reformatório, 2018.
    160 p.; 14 × 21 cm.

    ISBN 978-85-66887-49-5

    1. Contos brasileiros. 1. Título: contos.
B812a   CDD B869.3

Índice para catálogo sistemático:
1. Contos brasileiros

Todos os direitos desta edição reservados à:

EDITORA REFORMATÓRIO
www.reformatorio.com.br

Para
ROSELI,
minha primeira leitora.

Sumário

Abundância de estrelas no céu 11
Além do limite 17
Nossas perdas 21
Mãos ao alto 25
Mais de mil quilômetros 31
Amor passageiro 37
Lúcia, a cortesã 43
Paraíso prometido 49
O proto-colo 55
Verdes águas 67
Um homem apenas 73
Não sou canibal 77
O Aeroporto 83
Último domingo de outubro 87
Tarde da noite 93

Dois plátanos 103

O convite 109

Um passageiro estranho 115

A última viagem 121

Canoa emborcada 125

Amigos para sempre 129

No cruzamento 135

Um caso de paixão 143

O hortelão 147

Abundância de estrelas no céu

Seus duros pés fincados na plataforma cresciam dormentes de espera. Envolto pela multidão, era quase impossível mover-se do lugar. O reflexo do Sol a meio céu borrava com esplendores, para olhos cansados de ver como eram os seus, o letreiro dos ônibus – o destino que prometiam. Ao lado, de mochila às costas, o menino exibia as habilidades recém-adquiridas, gritando para a mãe o nome de bairros próximos e distantes. Noé valia-se daquela ajuda enquanto se esforçava para mudar a posição dos pés enraizados e presos dentro de botas secas.
O menino gritou Paraíso como um alívio alegre, e a mãe sorriu. Antes que o ônibus parasse, corpos suados disputaram o espaço à beira da plataforma. Entre eles, a mãe com o filho preso pela mão. Noé reparou que ela usava uma saia fina e florida, diminuindo seu peso, então resolveu sentir calor. Com os braços em cruz no peito, pegou a blusa pela borda inferior e a retirou por cima da cabeça. Agora sim, ele respirou, agora seu corpo estava muito melhor. Mas o ônibus já partia e ele começou a sentir saudade do menino que sabia ler e de sua mãe que usava uma saia fina e florida.

Com menos gente na plataforma, Noé começou a observar. Não para distrair-se na espera, que não podia medir, mas porque o mundo se abre ante olhos abertos. Notou que havia uma imensidão de sapatos, quase todos parados na extremidade de pernas ligeiramente abertas. Os mais agitados, ele concluiu surpreso, são os menores e de cores mais alegres. Alguns, como suas botas, pareciam plantados na dureza do cimento: totalmente imóveis. A maioria dos sapatos estavam ou sujos ou foscos, descoloridos. Apenas uns poucos brilhavam como estrelas.

Mais um ônibus estacionou rangendo suas ferragens, para alegria de algumas pessoas, que passaram à condição de passageiros. A plataforma ficou ainda mais aliviada, e, olhando para a direita, Noé descobriu que, ao lado da rodoviária, havia uma praça. Não muito grande, ele percebeu quase frustrado, mas dominada por imensa figueira cuja sombra cobria todos os bancos e algumas das pequenas aleias de saibro que a cruzavam. Além da praça, os prédios escondiam o horizonte; acima dela, um céu imaculado, azul como um vidro. Estar lá, à sombra, foi um pensamento que lhe ocorreu para sentir-se mais alegre. Mas como descobrir, daquela distância, o destino de cada ônibus? Resolveu então voltar àquela neutralidade entre a alegria e a tristeza, um estado cinzento com que costumava esperar suas conduções.

Envolvido com a praça e a sombra de sua figueira, muito mais atento aos fluxos internos, sutis pensamentos, Noé assustou-se ao ver estacionando mais um ônibus. Enquanto devaneava, o mundo acontecia? Teve de afastar--se rapidamente do lugar onde estava para ler o letreiro à testa do coletivo. Suspirou aliviado: não, também este não lhe servia. Com os braços da blusa cingindo-lhe a cintura, Noé voltava para a mesma posição que ocupara todo esse tempo, mas descobriu, num surto de alegria, que, em alguns dos bancos junto à parede, havia lugares vagos. Meus pés, ele pensou de imediato e sem querer, não precisam continuar crescendo. Já havia pouca gente na plataforma, e a brisa atravessou aquele espaço farejando alguma coisa como numa caçada. Noé esfregou os braços nus com as duas mãos. Esfregou com força e aspereza até sentir que o calor voltava.

Só então, com o corpo largado na tábua lisa do banco, foi que se lembrou de enfiar os dedos na barba branca. Era seu gesto preferido de meditação. Desde que chegara, muitos ônibus haviam passado e partido. Nenhum deles, entretanto, com um destino aceitável. Tristeza, Floresta, Penha, Paraíso, Campo Grande, uma lista sem fim, mas nenhum que lhe servisse. Estava no seu direito, portanto, de sentir-se irritado. E isso, apesar de agora gozar as delícias de um assento, sem a necessidade de sentir os pés crescendo desmedidamente.

Quando apontava a soberba frontaria de um ônibus qualquer, Noé levantava-se cheio de esperança e, na beira da plataforma, ficava atento até descobrir que não era aquele o caminho que pretendia. Na segunda ou terceira vez em que isso aconteceu, Noé notou que os reflexos do sol, tão incômodos algumas horas antes, haviam-se extinguido, e ele conseguia ler com facilidade uns nomes que nada lhe diziam. Voltava para o banco coçando os braços, vítimas inocentes de sua irritação.

Da copa da figueira, toda ela uma sombra fresca, então, escorria crepitante a algazarra dos pardais, em que cada pipilo continha uma urgência de registro muito agudo. Como não se visse nem se ouvisse ônibus nenhum desde que o Sol, esbraseado, sumira num incêndio por trás de uns edifícios escuros, Noé pôde dedicar-se por inteiro à escuta do alvoroço com que os pardais se ajeitavam para esperar a noite. Foi assim que, tendo os olhos desocupados, olhou para o céu, onde surgiam as primeiras estrelas. Naquele momento, observando bem o azul ainda claro, Noé descobriu como é o infinito. E apesar do cansaço, da irritação, ele conseguiu um sorriso satisfeito, pois era uma descoberta feita de inopino, totalmente casual.

Finalmente apareceu mais um ônibus. E esse já vinha todo iluminado. Do banco, onde há bastante tempo estava sentado, Noé pôde ler o letreiro, que indicava um lugar qualquer, de que ele nunca tivera notícia. Não foi preciso levantar-se para decidir que era mais uma decepção. O ônibus parou, abriu a porta com um gemido e iluminou a plataforma. Algumas pessoas embarcaram com seus suores no rosto e nas axilas, além da certeza de que eram esperadas em seus destinos.

Noé, sentado em seu banco, dois operários encharcando-se de cerveja e cachaça no bar da rodoviária e o balconista eram os últimos semoventes da estação. Noé sentiu um frio que era muito parecido com uma solidão, por isso tratou de vestir a blusa. Um pouco mais confortável, resolveu pensar em todos os acertos que viera fazendo nos últimos tempos, o modo como se despedira dos seres e das coisas, até chegar ali, consciente de que não havia mais caminho de volta.

Os dois operários atravessaram a plataforma e sumiram noite adentro, abraçados e cantando com incongruência suas vidas ralas. Foi um vulto só, o que Noé viu, mas eram duas as vozes roucas, deterioradas. A porta do bar desceu com um estrondo e o balconista seguiu as pisadas de seus fregueses.

Com os braços cruzados no peito, Noé ainda gastou os olhos perscrutando a boca da avenida por onde poderia chegar algum ônibus. Esperou muito tempo. A plataforma era um espaço inútil, vazio, preparada para sua espera de toda a noite. Os pardais já dormiam silenciosos. Apenas de raro em raro podia-se ouvir um pipilo perdido, de quem ainda não se acomodou direito. As estrelas, bem mais nítidas agora, desenhavam navios e castelos na planura do céu.

Noé tossiu um pouco, mas apenas para se distrair. Com a mão direita tateou a extensão do banco, encolheu as pernas e deitou-se.

Além do limite

Os primeiros passos dados logo depois do limite foram ainda passos hesitantes. Havia muita emoção a ser gasta, por tudo que ouvira e tudo em que acreditara desde criança a respeito daquele sítio. O leito da estrada, de um barro úmido e humoso até então, tornou-se leve e seco, com uma cobertura de areia fina que mal era sentida pelos pés. Algumas centenas de metros à frente, a vegetação que emoldurava a estrada começava a perder o verde, as árvores transformavam-se em arbustos, a maioria sem folhas e de galhos retorcidos. Apesar do céu cada vez mais escuro, o velho pôde notar que, para a direita e para a esquerda da estrada, havia apenas um terreno plano até onde se podia ver, um terreno sem vegetação alguma, coberto pela mesma areia fina da estrada.

Por um impulso que nem ele mesmo se explicou, o velho olhou para trás, buscando com olhos opacos sua vila. Mas ela já sumira e a única coisa que ainda pôde enxergar foram suas próprias recordações abanando, dependuradas nos galhos mais altos de algumas árvores, cujas copas negras apareciam a distância.

Seus braços finos e rijos sofriam o efeito do frio, que ia aumentando à medida que penetrava nas zonas mais sombreadas do caminho. Para trás, cada vez mais, ia ficando sua vila, com todas as marcas que ele havia deixado nela, e, consigo, carregava todas as marcas que ela havia gravado nele.

* * *

As primeiras palavras que aprendera tinham sido à noite, ao pé da fogueira, ouvindo histórias exemplares contadas pelas pessoas mais velhas. Foi assim que aprendeu a respeitar as tradições que, desde tempos imemoriais, vinham sendo transmitidas naquele mesmo lugar, à noite, ao pé da fogueira.

A vila onde nascera era um conglomerado de casas no entroncamento de duas estradas. Ainda menino, teve de aprender que um dos braços da cruz formada pelas estradas era proibido além do limite. Quem segue aquele rumo, diziam os mais velhos, jamais volta. Cedendo à natural curiosidade infantil, muitas vezes viera até o cipreste, de onde podia contemplar o limite, além do qual era proibido passar.

Sua curiosidade diminuía com o passar dos anos, até que, em certa manhã de sol, já adolescente, lembrou-se de um dos hábitos da infância e, sem que ninguém o notasse, visitou novamente o cipreste. Seu desejo de ultrapassar o limite era tão grande, e o sentimento de mistério que envolvia seu marco era tal que lhe subiu um gosto amargo até a boca, contraíram-se os músculos, contorcidos, e um suor frio brotou de sua testa. Junto com o calafrio, começou a sentir muita tontura, o mundo girando, adernando, e ele pensou que seria arrastado pela estrada para além do limite. Foi abraçado ao esguio tronco do cipreste que não caiu. Naquela mesma noite, resolveu consultar o ancião. O que existe além do limite?, ele perguntou assim que se assentaram ao pé da fogueira. O ancião extraviou seu olhar, que ora brilhava com os reflexos do fogo ora apagava-se numa escuridão total. E foi com esse olhar tenebroso que ele mirou o adolescente para responder que, meu filho, ninguém daqui pode saber o que existe além do limite, pois ninguém jamais voltou de lá.

Muitas vezes, nos anos que se seguiram, assistiu à passagem de viajantes que tomavam o braço errado da cruz, aquele onde estava cravado o marco do limite. Os habitantes da vila acorriam para a estrada ansiosos, tentando evitar a desgraça. Homens e mulheres ficavam em volta do cipreste chorando e gritando. Volte!, era o grito que mais se ouvia. Volte! As mulheres, principalmente, choravam desesperadas ao ver que alguém não lhes dava ouvidos e continuava no rumo do desconhecido.

* * *

Sua barba cresceu, negra e basta à medida que ia assumindo funções na vida da vila. Granjeou o respeito dos conterrâneos pela inteligência e o espírito de justiça até ocupar o lugar de ancião. Foi assim que os anos correram sem deixar outra marca além de sua barba que branqueava irremediavelmente e de certa fraqueza dos membros, insidiosa e irreversível, mas que se estabelecia quase sem ser notada.

Num dos serões em que cumpria o rito da transmissão, certa noite, teve de ser acordado pelo grupo de jovens que o cercavam e a quem muito divertia o cochilo do ancião. Desde algum tempo sentia-se sozinho, sem muito apego por seus semelhantes, mas, a partir da noite em que fora pego cochilando perto da fogueira, começou a sentir-se também inútil. Passava os dias andando com passos lentos pelos arredores da vila, meditando, examinando seu próprio passado, que lhe parecia cada vez mais distante.

Andando pelos arredores da vila, um dia deu com o tronco do cipreste, aquele mesmo em que há muito tempo se abraçara para não ser arrastado pela curiosidade de conhecer a estrada além do limite. A curiosidade, com os anos, diminuíra, mesmo assim o velho desceu o pequeno talude que o separava da estrada e partiu, com passo ainda titubeante, na direção do marco.

Os primeiros passos dados logo depois do limite foram ainda passos hesitantes. Havia muita emoção a ser gasta, por tudo que ouvira e tudo em que acreditara desde criança a respeito daquele sítio. O leito da estrada, de um barro úmido e humoso até então, tornou-se leve e seco, com uma cobertura de areia fina como se feita de fumaça que mal era sentida pelos pés.

Nossas perdas

Entre a multidão de nossos instintos, me ensinaram, existe o instinto da paternidade. O que não me ensinaram, e que aprendi esfolado pela experiência, é que, como qualquer outro, ele pode se desgastar até desaparecer. Em mim, o que ainda persiste desse instinto é apenas o que me restou na memória.

E uma das coisas que a memória não me recusa é a existência de uma irmãzinha da qual me apropriei como filha. A idade em que andava, então, isso a memória não me diz, mas me imagino lá pelos quatro, cinco anos.

Ninguém se aproximava da Lili sem me provocar um ciúme exacerbado, às vezes minha fúria paterna. A chupeta, sua mamadeira, o sono da Lili eram todas questões que me davam um sentido à vida.

Ela parecia crescer mais rápido do que eu, e isso era um desconforto pouco mais que desprezível. Eu já não conseguia caminhar carregando-a em meus braços, em compensação ela já engatinhava e logo depois começou a ficar plantada sobre seus pezinhos, as pernas um pouco abertas, o corpo hesitante, meio bamba. Em breve, profetizava minha mãe, ela vai dar os primeiros passos.

A viagem que fizemos foi por necessidade, pelo menos era o que eu podia entender do que afirmava meu pai, aquele homem enorme, um deus infalível. Além de necessária, foi uma viagem longa. Trem, ônibus, navio, e terminamos em carreta de bois. Quanto durou a viagem? Envolvido com os cuidados que me merecia a Lili, estive desatento para detalhes sem importância como a duração. O exercício do meu instinto da paternidade não podia medir-se pelo sol e pelas estrelas, muito menos pelos ponteiros de um relógio.

No trecho final da viagem, duas horas em uma carreta puxada por duas juntas de bois, atravessamos algumas pancadas de chuva que, na verdade, nada mediam, e fiz de tudo para que Lili não sofresse a agressividade do sol ou a aspereza do vento. Da chuva eu a protegi com meu próprio corpo. Mas parece que de nada adiantaram meus cuidados. Antes da chegada ao destino já avisei minha mãe, A Lili parece que está muito quente.

E estava. As costas das mãos, de todas por ali disponíveis, mediram a temperatura da testa da Lili, sem que eu me opusesse. O semblante dos adultos e de meus irmãos mais velhos foi tal que me senti preocupado, talvez temeroso. Minha paternidade tinha lá seus limites de competência, além dos quais eu aceitava a interferência dos adultos e mesmo de meus irmãos mais velhos.

Mal chegamos à casa de um tio desconhecido, anoitecendo, a Lili começou a gemer. As mulheres ferveram folhas medicinais, os homens fumaram cigarros na varanda, falando baixo, meus irmãos sumiram na companhia de uns primos, também desconhecidos, enfurnando-se em currais e paióis. Não havia mais berço na casa e ficamos, a Lili e eu, em uma cama improvisada para meus pais sobre o soalho da sala. Cada vez que ela gemia, meu corpo repelava, numa contração dolorida. E ela gemia com muita frequência.

Bem mais tarde, quando meus irmãos e seus companheiros atenderam ao chamado para o jantar foi que pela primeira vez conferi os agasalhos da Lili, puxei o cobertor até seu pescoço e fui para a cozinha comer alguma coisa. Com pressa. Na volta, descobri que minha irmã chorava. Muito baixinho, mas chorava. Só eu sabia que ela estava chorando. Os olhos fechados, e chorava. Chamei minha mãe, que trouxe consigo a cunhada com canecas de infusões milagrosas. Daqui a pouco ela vai estar boa. Eu passava por momentos de esperança e chegava a ver a melhora no rosto da Lili. Veio o sono, vieram as pessoas com seus imensos bocejos, minha mãe ajeitou uns panos ao pé de sua cama, onde adormeci apesar do choro, por ser um choro muito débil.

Amanhecia nas frestas da janela quando acordei com os gritos de minha mãe, que me atravessaram o corpo como corrente elétrica. Não houve tempo para qualquer dúvida: a percepção já veio prenhe de conhecimento.

Saí pela porta da cozinha, atravessei o campo, ganhei a estrada e caminhei. Caminhei muito, pois queria encontrar o fim do mundo. Queria entrar numa dimensão diferente onde tudo fosse mentira. Finalmente, cansado, deitei no barro da estrada, os braços abertos e o sol querendo enxugar minhas lágrimas. Era a mentira, que me faltava, mas mesmo os sonhos não mentem.

Bem mais tarde, todas as lágrimas gastas, a voz rouca, me levantei, pois era preciso voltar para aquela casa de tios desconhecidos. Foi no caminho de volta que descobri: nunca mais quero ser pai.

Mãos ao alto

Num dos primeiros bancos, Márcio ouvia perplexo, extático, as palavras que rolavam do púlpito, tonitruantes e imperiosas: Quem de vós, sabendo que a casa do vizinho está para incendiar, não corre para avisá-lo? Quem de vós, sabendo que um desastre se aproxima, não procura salvar seu semelhante? Ai de vós, raça de filisteus, cujas ações jamais correspondem às intenções. Vosso vizinho está para arder no fogo eterno e não tendes um minuto para salvá-lo? Pois no dia do juízo tereis de dar conta de todos aqueles que deixastes perecer sem aviso, sem o conhecimento da palavra.

À noite, ainda impressionado com o que ouvira pela manhã, Márcio demorou muito para mergulhar num sono agitado, cheio de sonhos angustiosos. Viu-se no alto de uma colina, sozinho, imerso num facho de brilho intenso, tão intenso que ele não podia abrir os olhos. Do alto, descendo pelos raios de luz, uma voz de trovão o acusava de inércia e o condenava à morte numa fogueira.

Segunda de manhã, Márcio acordou suado e com um propósito gravado em seu coração. Tomou seu desjejum, beijou a esposa e os filhos, pegou sua bíblia e saiu. Não, jamais perderia uma oportunidade, por ínfima que fosse. Morrer numa fogueira?, ele pensava, e já sentiu o cheiro de carne assada.

Arrumou as ferramentas no porta-malas da Brasília, sentou-se ao volante e, antes de dar a partida, ergueu as duas mãos espalmadas para o alto e implorou: Senhor, tende piedade de um pobre pecador. Reconheço meus antigos pecados, e os novos também, mas prometo divulgar vosso santo nome em todas as oportunidades que se apresentarem. Mais aliviado e com menos medo do castigo, bateu a mão na chave e deu a partida. Era frágil ainda seu conforto espiritual porque não passava da tentativa de negociar com Deus um passado real, acontecido, e cheio de pecados, dando-lhe em troca um futuro de piedade, mas apenas virtual, que não passava de uma promessa. Caso Deus quisesse não confiar muito em suas intenções, estava no seu direito, mas isso, em lugar de desanimá-lo, como seria natural, enchia-o ainda mais da vontade de livrar-se do fogo eterno, avisando quanta gente pudesse dos perigos que corriam.

Tinha entrado no bairro onde pintava uma bela mansão e faltavam apenas três quarteirões para chegar a seu destino. Diminuindo a marcha por causa de um cruzamento, o que vê Márcio na calçada do lado direito? Um portão inteiramente aberto, dois carros na garagem e uma porta escancarada.

Márcio não titubeou. Brecou sua Brasília e desceu apressado. A empregada vinha carregando um balde e uma vassoura e recebeu ordem para levantar as mãos e voltar.

Ela sentiu-se assaltada, evidentemente, jogou os trens no chão e voltou de mãos para o alto. Ao pisar no hall de entrada, encontrou um casal assustado, em movimento de quem se despedia. Mãos ao alto, e todos na sala, gritou Márcio, todos na sala. Hoje vocês vão ser salvos. Na sala, já disse, e foi para cima do casal, que ainda não havia entendido o que acontecia. No caminho encontrou a filha do casal, cuja minissaia o perturbou, mesmo assim gritou para que ela seguisse na mesma direção. E mãos ao alto! O menino só apareceu, ainda estremunhado e com um pouco de susto nos olhos inchados por causa do barulho inusual, quando os outros já ocupavam seus lugares na sala.

Formado o círculo dos ouvintes, Márcio empunhou a bíblia com desenvoltura, e começou a ler por um capítulo dos mais curtos do livro do Gênesis. O canto esquerdo de sua boca, em que se repuxavam os lábios, era a involuntária demonstração da felicidade de quem começa a saldar uma dívida capaz de tirar o sono. Ao passar para o livro do Êxodo, molhou a ponta do dedo na língua e folheou aleatoriamente as folhas de papel seda até encontrar um capítulo compativelmente curto. Fez uma pausa quase dramática, olhou seu público assombrado e recomeçou a leitura.

O filho mais novo, que não tinha ainda lavado o rosto nem escovado os dentes, cochichou no ouvido da mãe que estava com fome. Márcio suspendeu imediatamente a leitura e improvisou um pequeno discurso a respeito da fome e da sede de justiça. A filha de minissaia, encantada com a capacidade de improvisação do orador, esteve a pique de aplaudi-lo.

Só a empregada não conseguia desfazer a cara de choro. Márcio, comovido, perguntou o que se passava com ela. A empregada declarou baixinho que mais um minuto e deixaria o tapete molhado. Por isso, recebeu permissão para ausentar-se, mas não por muito tempo.

As leituras já invadiam o livro dos Salmos, escritos por um rei poeta, quando finalmente a empregada voltou. Era um tempo exagerado.

Márcio levantou-se e apontando-lhe a bíblia, vociferou: Criatura maligna, em nome do Senhor dos exércitos, prosterna-te. A empregada, que não entendeu a ordem recebida, sentou-se calmamente no mesmo lugar que já ocupara. Os outros todos se entreolharam curiosos a respeito do verbo prosternar-se, mas descobriram pelos mútuos olhares que não, ninguém sabia o que era aquilo. O menino não tinha passado ainda do nível vocabular de sobrevivência. A filha tinha um vocabulário mais extenso, mas ocupado principalmente com palavras referentes a assuntos de moda, também não sabia. O pai e a mãe, que se ocupavam de negócios, ficaram abismados: como é que em sua sala, em plena luz do dia, podia aquele senhor proferir tal palavra?!

Márcio percebeu rapidamente que havia encontrado uma barreira intransponível ao dar sua ordem, então convidou a todos para que se genuflexionassem como ele. E mostrou como era. Foi prontamente atendido, pois não havia ali quem não carregasse o peso de algum pecado.

Quando a polícia entrou na sala, depois de ter invadido a casa, estavam todos ajoelhados e com as mãos ao alto, implorando perdão.

Os cinco policiais recém-chegados gostaram da ideia e genuflexionaram também. Terminada a sessão, Márcio levantou-se, abençoou a todos e foi, enfim, cuidar de seu trabalho.

Mais de mil quilômetros

O celular tocou três vezes antes que Hélio percebesse que era ele quem estava ali, sozinho e sentado na boleia de um caminhão pesado, de ronco monótono, e eram seis horas da manhã, e o Sol começava a colorir o fim da reta, lá no alto do morro escuro por onde a estrada entrava rápido como se não conseguisse brecar. Arregalou os olhos assustado quando percebeu que não era sonho aquilo tudo: o dia acordando, meio zonzo, um ronco monótono de caminhão, a estrada reta subindo o morro, o celular tocando. Então, como resposta automática ao susto, ele aliviou o pé direito, sacudiu a cabeça, mas principalmente aliviou o pé, porque percebeu que estava dirigindo a uma velocidade acima de um limite prudente. Abriu afobado o vidro, pois ainda não sabia exatamente o que deveria fazer, e esfregou os olhos com as costas da mão esquerda, grossa e áspera como uma tartaruga, enquanto segurava o volante com a direita, a mão mais esperta. Olhou o relógio pela segunda vez e confirmou: seis horas.

De tanto esperar aquela ligação, ele já sabia de cor todas as palavras que estava para ouvir. Sabia também quão frágil estaria no momento de ouvi-las. Fingia não acreditar no futuro, entretanto sabia. Por isso Hélio rolou o caminhão cada vez mais devagar até pará-lo no acostamento. O celular insistia chamando, nervoso. A mão grossa, de pelos ruivos e dedos encarangados do motorista subiu lenta e trêmula na direção do aparelho. O caminhão parado, como um monstro recém-abatido, ainda quente mas já morto. Ao lado, na pista, a vida continuava, indiferente aos destinos pessoais: a vida veloz, rumorosa, o movimento da estrada. Pelo vidro aberto, entrava uma brisa que vinha de longe, das noites úmidas e frias, uma brisa que já nem se notava, tão conhecida era ela.

Esperar que aconteça não é o mesmo que desejar que aconteça. Hélio esperava sem que desejasse. Vencia os quilômetros de estrada e consumia seus longos dias olhando aflito para o telefone celular, pendurado ao alcance da mão, esperando que ele tocasse. Esperava com medo, sabendo que seu coração desajeitado não teria forças para não sofrer. Se esperava, era porque sabia, era por causa do espanto em que vivia quando chegava a hora de voltar.

O sol, quando o sol, atravessando o para-brisa, invadiu a boleia, iluminou a camisa azul de Hélio, com manchas escuras resultantes do suor e iluminou sua cabeça, grande e vermelha como um Sol. E então iluminou também o pavor em seus olhos brilhantes. O sol. O mesmo sol que costuma reavivar as esperanças, quando estão prestes a sucumbir. O Sol, nascendo, parecia uma cabeça ruiva.

Hélio não tinha conquistado ainda a coragem que se precisa ter para atender ao telefone. Porque a coragem é uma espécie de desamor, um desapego. Por isso, teve de reunir uma força que andava esparramada por seu corpo, uma força que ele achava que nem tinha, para finalmente fechar dentro de sua mão aquele pequeno aparelho escuro que pulsava seu único olho verde e que trinava a mando de alguém, de alguma distância. Fechou-o na mão com medo de que o fosse esmagar se não ficasse quieto. Nem o aparelho ficou quieto, nem Hélio o esmagou dentro da mão.

Quando finalmente o motorista respondeu com as palavras sim sou eu, ele gaguejou, porque havia uma espada de gelo que o penetrava pelos ouvidos, descia até o último fundo de seu corpo, revolvendo-lhe as entranhas. E foram as únicas palavras que Hélio proferiu. Porque não teve oportunidade de dizer mais nada e porque de nada adiantaria dizer o que quer que fosse. De repente sentiu-se espremido ao perceber que a boleia era muito pequena dentro de um mundo tão vasto. O ar que entrava pela janela aberta começava a tornar-se insuficiente para sua necessidade.

Então o motorista desceu de seu caminhão. Com cuidado, vagaroso, movendo-se como aranha ferida, pois havia interrompido totalmente a ligação com os membros, seres autônomos que se guiavam para destino próprio. E foi nessa descida que uma lágrima deslizou a furto pela maçã do rosto de Hélio, pérola a reverberar a luz do Sol nascente. As mãos que a poderiam afastar concentravam-se na descida, muito ocupadas. Assim, a lágrima pôde percorrer a saliência do malar, parando, às vezes, hesitante, ameaçando, em seguida, precipitar-se no abismo, até esconder-se mais para baixo, entre os grossos pelos de uma barba densa e ruiva.

Apeado, por fim e por inteiro, inteiramente apeado, só então o motorista soltou-se livre e inundou-se de lágrimas quentes e salgadas. Sem saber explicar por quê, mas pareceu-lhe que a boleia, lá no alto, era lugar impróprio para certas manifestações sentimentais. Contornou o caminhão e foi esconder-se à sua sombra, no barranco úmido, onde sentou abandonado sozinho no mundo. Mais de mil quilômetros, ele pensava, mais de mil quilômetros, e olhava para o céu por cima das árvores tentando empurrar seus pensamentos para que voassem, eles que podiam voar, que voassem mais de mil quilômetros para segurar em casa aquela por quem enfrentava tantas estradas: a única. As nuvens que pairavam no alto não podiam ter vindo de outras paragens, elas brancas de algodão, ali paradas como sempre, fixas, agora molhadas dentro de seus olhos. Nunca a distância parecera-lhe fosso tão profundo. Nem que tentasse voltar. Dias e dias de viagem. Mas seus pensamentos, de asas frágeis, não conseguiam alçar voo. Então ele chorava mais, sacudindo o corpo, escondendo a cabeça nas conchas ásperas de suas grossas mãos – os dedos encarangados tentando reter as lágrimas.

A sombra moveu-se, as nuvens, cansadas de esperar, se foram. As lágrimas, por fim, também já se extinguiam quando Hélio enxugou os olhos na manga suja da camisa. Olhos vermelhos e ardentes. Encarou o caminhão e suspirou. Encarou-o novamente e deu um soco na coxa. Era uma relação difícil, entre os dois, e assim fora sempre, mas agora agravada pela ideia da culpa. Incontáveis vezes prometera-se abandonar as estradas, atendendo às súplicas da mulher. Sobretudo nas noites de amor, um amor voraz, febril, jurava por São Cristóvão que não voltaria para as estradas. Mas em poucos dias saciava-se de amor, inteiramente quite com os apelos da carne. Era o momento em que sobrevinha aquela vertigem dos quilômetros, da brisa despenteando-lhe os cabelos, da ansiedade por um mundo grande, quase ilimitado. Era outra vez a necessidade de solidão a bater com insistência em sua porta.

Ao abrir os olhos, bem abertos, apesar de ardentes, o homem viu o silêncio que descia do alto do morro, entre pedras e árvores e, depois de atravessar a estrada, descambava para um baixio coberto de mato rasteiro, até onde a vista alcançava. Sinal nenhum de vida, de movimento. Silêncio palpável, pesado, feito de ausência. Então ele percebeu quão deserto tinha ficado o mundo e pulou para a boleia, ágil, em fuga. Preso em seu suporte, o celular dava bateria fraca.

Amor passageiro

Ajeitou a mala no bagageiro, desabotoou dois botões do sobretudo e se aboletou no banco desocupado: um banco só para si já era o início de um conforto. Uma viagem longa e monótona, estava preparado para ficar aborrecido. Passava pouco das dez horas de uma noite fria quando Osvaldo embarcou, sonolento, mas sem esconder a alegria de voltar de férias para sua cidade. Alegria como promessa, para acontecer no futuro. Férias de meio de ano, não chegava a um mês, mesmo assim, rever a família, os amigos e principalmente sua Débora, o anjo com quem há muito vinha sonhando, era como entendia a felicidade a seu alcance. Examinou o vagão até o fundo e quase todos seus companheiros de viagem dormiam. Um sujeito gordo de chapéu a quatro fileiras distante de Osvaldo parecia contar piadas porque seu interlocutor, quase tão gordo como ele, ria sem parar. Perto deles, uma família com crianças sentia-se incomodada, pois se ajeitavam para dormir, fechavam os olhos, e não pegavam no sono por causa das gargalhadas do vizinho.

Como o vagão estivesse com muitos lugares vagos, e considerando que do banco escolhido não ouvia o que diziam os dois gordos, resolveu que também, acompanhando a maioria, poderia deitar em seu banco e dormir até a estação de sua cidade.

Abriu dois botões do paletó, não dormiria com aperto de roupa, repuxado, e estirou-se no banco, disposto a dormir.

Na estação seguinte, um povo invadiu seu vagão fazendo barulho porque acabavam de escapar da chuva, cujas marcas traziam em suas roupas. Osvaldo, pelas frestas dos olhos semiabertos, conferiu a acomodação dos recém-chegados: o banco inteiro continuava seu. Fechou as pálpebras e entrou naquele espaço entre sono e vigília em que o tempo é um amontoado cinza de figuras desconexas: a família, o professor de cálculo matricial, o sorriso da Débora, sua pele clara e macia, os cabelos longos e levemente ondulados, a briga com um primo quando crianças, o enterro de um irmão de sua mãe, o tio Marcão: infarto do miocárdio, e outros vultos que mal reconhecia ou nem conhecia.

Já passavam quinze minutos da meia-noite quando o guincho das rodas sendo brecadas o acordou. Abriu os olhos e conferiu o horário. Baixou rapidamente as pálpebras ao perceber que havia novos passageiros entrando pelo corredor.

Seu conforto estava chegando ao fim? Seu pé direito estava sendo atacado por alguém. Fingiu acordar naquele instante e seus olhos se encontraram. A jovem que pedia lugar a seu lado, protegida por um poncho, fez um gesto que significava a necessidade de repartirem o banco. Rapidamente Osvaldo recolheu as pernas e sentou-se. A jovem pediu licença e ocupou a outra metade do assento, o lugar perto da janela. Aí ela fica presa, pensou Osvaldo e sorriu por dentro, que é um sorriso invisível. Mas não havia malícia em seu pensamento, por enquanto, porque era tão-somente uma ideia feita de palavras, sem qualquer movimento de alguma intenção sensual. Na verdade, não tinha acordado completamente, e os pensamentos maliciosos ocorrem é em pleno domínio da consciência.

Em uma curva, logo depois da estação, os joelhos se tocaram e depois da curva continuaram esquentando-se mutuamente. Osvaldo esperava que a companheira de banco afastasse a perna daquele conforto, mas isso não aconteceu. Então moveu a cabeça e encarou a jovem, que o encarava também. Ela sorriu e as pernas continuaram coladas. Um pouco de calor subiu do baixo ventre para o peito e provocou uma leve tontura no rapaz. Como se o sangue lhe corresse com mais pressa, um pouco agitado. Sua companheira de banco tinha um rosto impressionantemente belo, e seus olhos grandes e escuros eram carregados de malícia.

No vagão, agora, os passageiros dormiam. Apenas o casal de jovens continuava bem acordado. Como se estivessem sozinhos no mundo. Ainda mais porque o espaldar dos bancos, com sua altura, mantinha-os meio escondidos. Os familiares da moça tinham ocupado alguns bancos lá pra frente, bem distantes, o que os ajudava a sentirem-se à vontade.

Logo, logo sem uma única palavra se entenderam porque os braços colaram-se também. Em lugar das palavras, em que nenhum dos dois era muito habilidoso, entendiam-se por sorrisos e olhares, por isso progrediam rapidamente. As mãos não tiveram dificuldade para encontrar-se e se apertaram como um desespero, uma urgência desconhecida.

Osvaldo sentiu que se apaixonava rapidamente e seus músculos se retesavam para que tal sentimento não o tomasse por inteiro. E foi nesse momento que sua companheira, desvestindo o poncho, cobriu os dois corpos do peito até os pés. As mãos, agora protegidas, começaram uma pesquisa de ambas as partes mais sensíveis um do outro e as descobertas transformaram-se numa zoeira que lhes entupiu os ouvidos, por isso ficaram os dois meio tontos.

Por efeito daquela excitação, o rapaz sentiu o saco escrotal empedrar numa espécie de cãibra, por isso, depois de ajeitar a roupa, protegido pelo poncho, escolheu carícias menos excitantes, como beijar a companheira com uma das mãos cobrindo um dos seios dela. Mas por causa da dor que sentia, não permitiu que ela continuasse manuseando seu órgão ainda em riste.

Depois de algumas manobras em que ambos se empenharam, seus dedos sentiram os pelos pubianos e seu corpo todo retesado encontrou uma espécie de peso além do que poderia suportar. A companheira fechou os olhos, respirando com ruído e dificuldade até estremecer antes de repousar, tranquila, seu rosto com uma expressão de paz angelical.

Duas estações mais tarde, depois de terem saído da chuva, o ronco da máquina, o ruído monótono das rodas nos trilhos – Osvaldo sentiu que as pálpebras não se mantinham mais em estado de alerta. O trem invadia a madrugada, rasgando a escuridão, seu ruído invadia o sono dos passageiros como poderoso entorpecente, a companheira de viagem sorriu para Osvaldo, um sorriso todo ele denunciando cumplicidade, então fechou os olhos e recolheu as mãos.

Aos poucos foi aliviando-se a dor de Osvaldo e seu corpo continuava aquecido, principalmente na coxa colada à coxa da companheira e no braço que os dois mantinham colados. O conforto gozado sob o poncho foi trazendo um sono bom de mistura com o estado amoroso que vinha sentindo. Nunca antes Osvaldo se considerara tão homem como agora, aquela explosão de sexo (mesmo que incompleto) e isso lhe fazia muito bem. Por isso, jogou as costas contra o espaldar do banco e adormeceu.

O dia estava ainda longe, mas já dava os primeiros sinais, com postes e árvores fingindo-se de vultos a correr em sentido contrário ao trem, e o frio do fim da madrugada acordou Osvaldo. Primeiro, a ausência do poncho, seu conforto, em seguida a posição, meio sentado, caído um pouco para o corredor, a dor no pescoço. O vagão quase vazio, mesmo assim a seu lado, uma mulher enrolada em um cobertor e uma criança de uns dois anos dormindo em seu regaço. Ela o encarou com desgosto por ele ter acordado, nem assim fez qualquer gesto.

Sem razão alguma para continuar com a libido fervendo, concluiu que tinha sido apenas um amor passageiro.

Lúcia, a cortesã

Tu me purificaste ungindo-me com os teus lábios. Tu me santificaste com o teu primeiro olhar! Nesse momento Deus sorriu e o consórcio de nossas almas se fez no seio do Criador.

JOSÉ DE ALENCAR, *Lucíola*.

Lúcia era seu nome de guerra. Na pia batismal chamaram--lhe Maria da Glória, nome que usou até os dezessete anos, época em que as circunstâncias de sua vida forçaram-na a esquecer sua madrinha, a Nossa Senhora da Glória. Até aquela idade, teve uma vida comum, de menina que estuda apenas o suficiente enquanto espera o amadurecimento para tornar-se esposa e mãe, uma dona de casa para ser acrescentada como um número nas estatísticas demográficas. Na escola, durante o Ensino Médio, experimentou cigarro e sentiu a boca muito amarga, ficou duas ou três vezes com meninos da classe, conhecendo alguns amassos masculinos em exercício de maturidade. Repetiu, até então, o que via e ouvia em sua volta. Nunca tivera vocação para rebeldias além daquelas de ficar um almoço sem comer, para a aflição da mãe, por não lhe terem permitido passar o fim de semana em excursão com os colegas de classe.

O pai foi sempre um homem trabalhador, taciturno mas honesto, cumpridor, sem mancha alguma em sua ficha. Enfim, trabalhar pouco mais de vinte anos na mesma empresa era façanha admirada por parentes e amigos. Um dia, entretanto, a empresa teve de enxugar-se e enxugou-se nas costas de alguns de seus empregados com toalha muito áspera. Pairava sobre os lares uma fumaça ameaçando crise mundial, e o pai de Maria da Glória inchou o dedo médio batendo em portas fechadas.

Já fazia vários meses que a tristeza gania pelos arredores da casa de Maria da Glória, onde o pai desempregado começava a perder a esperança e a mãe não saía mais da cama, sem que algum médico descobrisse qual o mal. Seu irmão, com idade orçando aí pelos dez anos, era ainda considerado economicamente inútil, a não ser pelo fato de continuar sendo, por absoluta necessidade, um consumidor. Sua irmã, a caçula, estava na idade da coqueluche e ainda não sentia vergonha de andar nua por dentro de casa.

O dinheiro, contado por dedos trêmulos, tinha sido repartido em duas metades: uma para comida e a outra para remédio.

– Quem gastar em supérfluo vai levar paulada.

Maria da Glória, com a idade da gastação, recolheu para si a ameaça, mas ficou calada no seu canto. A família não podia ficar sem comer nem sua mãe podia dispensar a farmácia.

Aos poucos, foram-se esvaindo as duas metades, de modo lento, mas irreversível. Até o dia em que não tiveram mais nada sobre a mesa, e os remédios da mãe acabaram--se antes do fim do tratamento.

Maria da Glória teve uma explosão de desespero, como toda a família, só que ela resolveu reagir e saiu para a rua com uma bolsinha na mão. Tinha acabado de anoitecer e seu jantar, como o de toda a família, tinha sido uma sopa de couve, com as últimas folhas de um pé que descobriram escondido no meio do mato no fundo do quintal.

Sinceramente preocupados, os membros da família perguntaram, Aonde você vai?, Aonde você vai?, Aonde você vai? Todos eles gritaram atrás de Maria da Glória enquanto suas costas sumiam no escuro da rua pobre.

Tarde da noite, quando Maria da Glória voltou, trazia comida e remédios, um sorriso cansado, olheiras escuras e um olhar medonho de quem tinha visto o mundo.

Meia hora depois, todos se sentaram à mesa, menos a mãe, que ainda não conseguia levantar-se, apesar de um pouco melhor. O pai, no exercício de sua paternidade, dividiu a comida equitativamente entre ele e os filhos. Mas havia uma sacola cheia e o homem desistiu de racionar o alimento. Todos comeram como se estivessem passando fome nos últimos tempos. Era uma alegria, ver a mesa farta, uma sacola ainda cheia, e a mãe tomando seus remédios.

Saciada a fome da família, o pai cobriu a filha mais velha com seu olhar mais severo.

– E você, pode me dizer onde foi que arranjou dinheiro pra comprar tudo isso?

Os irmãos mais novos continuaram sentados à mesa apenas por imitação. Agradava-lhes repetir tudo o que os mais velhos fizessem. Nenhum dos dois menores tinha condições de pensar sobre a origem daquela comida ou com que dinheiro ela fora comprada. Ficaram, contudo, assustados, quando a irmã mais velha começou a chorar, prevendo o que estava por acontecer.

– Fora desta casa, vagabunda! Não podem viver sob o mesmo teto um homem honrado e uma vagabunda como você.

Meia hora mais tarde, as duas crianças chorando no quarto, Maria da Glória saiu pela porta da frente com uma trouxa pequena com tudo que era seu. Ao chegar à calçada Maria da Glória deixou de existir. Quem faria, dali pra frente, verdadeiro furor nas ruas e avenidas centrais, era Lúcia, uma bela garota de dezessete anos, que ninguém sabia de onde aparecera.

Meses mais tarde, quase matou de susto um antigo colega de classe, quando foi abordada e virou-se.

– Mas todos dizem que você morreu, Maria da Glória.
– Sim, a Maria da Glória morreu. Agora sou Lúcia, a cortesã. Te interessa?

O garoto ficou muito atrapalhado, porque ver sua ex-colega naquela situação causava prejuízo enorme a sua libido.

– Claro que não. Mas como acreditar que você está vendendo seu corpo, Maria da Glória?!

Ela estava escorada em um poste de luz, na frente de um posto de combustível. Era uma esquina movimentada e muitos automóveis entravam no posto para examinar melhor aquela garota linda escorada num poste. Muitos deles tornavam-se fregueses – não só do posto.

– Bem, primeiro, que Maria da Glória não existe mais. Eu sou a Lúcia, entendeu? Segundo, você está muito enganado porque eu não vendo coisa nenhuma. Vocês não pagam pra gozar? Eu só faço o contrário: pra gozar eu cobro.

O ex-colega ficou escandalizado com o cinismo de Lúcia, por quem já sofrera algumas horas de insônia, e despediu-se despeitado, o coração cheio de ressentimento.

Milhares de motoristas conheciam o poste da Lúcia, bem na esquina do posto, local que ela escolhera para seu ponto.

Ao completar um ano como Lúcia, a família estava bem. A mãe curada, os irmãos bem nutridos frequentando a escola, o pai novamente empregado. Ela sempre dava um jeito de enfiar algum dinheiro nas mãos da mãe, que sofria apertos no peito de tanta saudade e bendizia aquela filha que tinha caído para levantar a mãe.

Mesmo quando o dinheiro começou a escassear, a mãe continuou bendizendo sua Maria da Glória e sentindo muita saudade, preferindo pensar que a filha estava no céu.

E o dinheiro começou a escassear quando ao cabo de dois anos já não era mais possível gozar, e Lúcia sentia dores, sofria febres, tratava de corrimentos, e já passara por algumas doenças venéreas. Com tudo isso, a não ser nos dias de chuva, lá estava Lúcia escorada no mesmo poste, esperando fregueses cada vez mais raros.

Suas roupas envelheceram, sua pintura borrava o rosto, manchas de feridas se espalhavam por braços e pernas. Aviltada, como estava, seu preço despencava sem parar.

Já fazia uma semana que não recebera um só cliente, e a fome começava a trotar pra cima e pra baixo pela frente do barraco onde morava. Uma noite, mesmo com chuva Lúcia assumiu seu posto no poste. Ela teve uma explosão de desespero e enfrentou o aguaceiro. As horas passaram, os motoristas passaram e a noite passou. Na manhã seguinte, os funcionários do posto disseram ao gerente que havia uma mulher grudada naquele poste da esquina. Receberam ordem de chamar a polícia, que horas mais tarde tentou, sem sucesso, arrancá-la dali. Por fim, desistiram, e o poste está lá até hoje esperando por algum cliente.

Paraíso prometido

Mas e eu, ela pensava em língua estrangeira na escuridão interrompida apenas pela vela de luz precária. Em seus olhos o ódio pela última pessoa do mundo a mais de quarenta quilômetros. Suas mãos tremiam feridas enquanto o velho molhava a barba com lágrimas antigas. Nem morrer em paz se pode neste inferno, ele dissera ao ser derramado no chão batido da choça. Nem morrer e as lágrimas desciam mornas para a barba crespa. Mas e eu, gritava seu pensamento adolescente, e seu rosto jovem duro se estriava de lágrimas anoitecidas.

O banquinho de três pernas foi posto de pé, e Olof sentou-se alisando a corda de embira que ainda abraçava seu pescoço. Olof, inteiramente envelhecido, desistente, sem direito algum, nem ao menos o de morrer. A coleira, de tão rústica, machucava os olhos e a tristeza da filha. Mas e eu, seu pensamento continuava insistindo, cada vez mais baixo.

Faltavam ainda algumas horas para o dia, e os catres ficaram esfriando, mudos e com cheiro forte de corpos doloridos de trabalho.

Mal se viam, dançando sombras nas paredes de varas e frestas, mal se olhavam rancorosos. Hilda, que tinha interrompido a fuga em voo de Olof, a busca do além, precisava ainda carregar seus catorze anos nas costas e sentia impossível fazê-lo sozinha onde habitavam cobras e pedras, e animais ferozes ficavam dia e noite à espreita. Olof, completando sua desistência, só não tinha contado com o barulho do banquinho, seu baque, ao ser empurrado pelos dois pés dependurados. Seus caminhos divergentes: o que restava de uma família, agora inteiramente bifurcada.

As lágrimas secaram, tanto as velhas quanto as jovens, ambas salgadas do mesmo sal que vieram descobrir na América desconhecida: o paraíso prometido.

Além dos banquinhos rústicos, tão-somente dois, erguidos sobre três pernas magras, a mesa de tábua lavrada com o machado e o fogão de pedras, onde as latas com água fervente e a comida, em suas horas. No canto oposto à entrada, o pilão e a talha de barro; ele para apiloar, principalmente o arroz colhido na várzea, ela para saciar as sedes noturnas e outros embaraços. Por cima de suas cabeças, barrotes abarrotados de tentações, as que eles provocaram no velho por causa da altura. Nas varas internas, a parede separando, uma abertura para o quarto, o lugar de amontoar o corpo pesado de cansaço, e de chorar a terra um dia abandonada com toda a família em busca do sonho adulto. Mas e ela, com que poderia sonhar nos seus nove anos de idade além de bonecas loiras de olhos azuis? Apenas um biombo de varas separando pai e filha, na hora da saudade e do sono.

No primeiro destino, a colônia, todos falando a mesma língua, ainda sobravam os três, porque o casal de irmãos tinha-se extraviado pelo mundo, a irmã mais velha num trem europeu, fumacento, com rumo que sua idade não podia compreender, e o irmão, seguindo com o navio para as alturas, distâncias, os lugares que nem a imaginação conseguia configurar. E a mãe, com doença da viagem no navio, em menos de um ano deixou-a sozinha com o pai. Aqui não fico mais, ele dizia, molhando de baba e lágrimas o rosto frio e inorgânico da mulher deitada com os dedos cruzados dentro do caixão. Nunca mais Hilda se lembraria da mãe que não fosse daquela cor de entrar no céu, envolta pelo cheiro forte de flores murchas. A fumaça das velas. Quatro velas pobres ajudando o mortuário. Tarde da noite e alguns patrícios, companheiros de viagem, quase todos, falando baixinho para não perturbar o sono de ninguém. E o pai, num canto, dizendo que aqui não fico mais, numa língua que todos entendiam. Sem a esposa, agora ele queria de volta seus bosques limpos, sua neve e os rebanhos de ovelha. Mas como, se o paraíso era tão exigente, e não havia com que pagar a passagem de volta? Resumiu aqui, para significar somente a colônia onde estavam, que em poucos dias abandonaram para esquecer todos aqueles dias infelizes.

Com o trabalho de operário, na cidade, o paraíso encolhia-se em excesso quase infernal, traduzido finalmente em comida três vezes ao dia, casinha em bairro pobre e aluguel rico, e pouco, muito pouco mais. Não foi isso que vim buscar, dizia o pai, e ficava triste. Nos curtos serões da cidade, Olof cantava com lágrimas nos olhos e contava como tinha sido sua infância de pastor. Maçãs, ele dizia, como não existem iguais no mundo. E a filha, aprendendo com os colegas de escola a língua difícil deles, entendia as recordações do pai, conhecia cada sílaba de sua voz meio estragada, e punha-se a suspirar como se fossem também suas aquelas recordações.

Quando surgiu a oportunidade de ver o paraíso de perto, sua porta aberta, Olof hesitou. Voltava para casa, desfalcado da família, mas voltava a ver seus campos, onde pasciam rotundas ovelhas lanudas, sentia novamente o sabor das nédias maçãs, e sentava-se ao pé do borralho enquanto a neve descia silenciosa de brumas insondáveis? Percorria as trilhas conhecidas de bosques limpos ou aceitava a gleba no sertão, ajudando este governo a povoar regiões desabitadas?

Hilda mexia-se na cozinha, providências de dona de casa, sem, contudo, tirar o olho do pai, que nada dizia, porque já diziam seus olhos fixos num ponto qualquer da parede. Não consultou a filha, na hora da decisão, porque uma criança, se sonha, sonha com bonecas loiras de olhos azuis. E sua Hilda, mulher para o serviço de casa, era criança para ter opinião.

Até que um dia, o sol ainda bocejando, apareceu a carroça que os levaria até a gleba que lhes tocava. Dois cavalos fortes, de grandes patas e pernas possantes, sacudiam as caudas, parados na frente de uma casa pobre de bairro afastado. Machado, enxada, facão, foice, martelo, serrote e outras ferramentas fornecidas pelo serviço de imigração. Tudo num feixe padrão, promessa de desenvolvimento regional. Mantimentos para um mês, em caixas de tábuas claras e finas. Olof tremia muito ao conferir a carga com que se encaminhava para seu futuro.

Ao partirem, Hilda olhou várias vezes para trás lastimando tudo que deixava naquela casa, como sua cama, o fogão, sua primeira menstruação e as vizinhas, com quem já conseguia conversar. Fungava sentida como quem parte para o desconhecido, pois ela partia para o desconhecido. A carroça ia abarrotada, mesmo assim só levava o essencial.

A primeira cabana, os medos noturnos – vozes de um povo de animais demoníacos – ventos e chuvas como jamais imaginara ver, o castigo do sol, tudo isso (o pavor de enfrentar uma natureza rebelde) eram coisas do passado. Como dois homens, puseram-se a trabalhar, mal chegados ao morro que agora era deles. Sem vizinhos com quem discutir limites ou repartir o bolo de inhame. Sem conhecidos para quem se queixar de uma dor de dente.

Olof ia deixando de cantar, o corpo moído do trabalho, as lembranças entorpecidas. Chegava da roça arrastando as pernas, claudicando, e muitas vezes sem comer jogava-se no catre à espera de que o sono o matasse um pouco, pelo menos por algumas horas. Hilda, atenta ao único ser humano com quem convivia inverno e verão, pensou que o pai já se esquecera das histórias de sua infância: bosque limpo, rebanho de ovelhas, nédias maçãs e a neve dos meses de inverno. Ele nunca mais falava sobre aquilo, não lhe contava mais como fora sua vida. Ele parece que aos poucos desaprendia de falar. Em qualquer língua.

Apesar de não ter sido consultada sobre enterrar-se nas brenhas daquele sertão, ela conformava-se com sua sorte, pois seu horizonte estreitava-se em torno da família que lhe restara. Não era amor que a prendia àquele homem taciturno, mas a certeza de que sua sobrevivência dependia dele. Por isso acompanhou com preocupação as mudanças de humor do velho e afinou vistas e ouvidos para evitar que lhe fugisse.

Com o baque do banquinho derrubado com as pontas dos pés dependurados, Hilda saltou da cama mesmo antes de abrir os olhos. Empoleirada na mesa, feroz, sua mão esquerda encontrou rápido a corda esticada que seus olhos não podiam ver. Com dois, três golpes de faca a corda rompeu-se, e o corpo do pai se derramou no chão batido da cozinha.

O velho pôs-se a tossir por causa do pescoço machucado, enquanto a filha o punha sentado no outro banquinho de três pernas magras. Nem morrer em paz se pode neste inferno, ele queixou-se na única língua que ainda lembrava. E o pensamento da menina gritava, mas e eu, na mesma língua do pai.

Quando os primeiros raios do sol atravessaram as frestas da parede, encontraram Olof muito quieto recordando-se dos bosques limpos da sua infância, da melhor maçã do mundo. Em sua frente viu desfilar um rebanho de ovelhas lanudas antes que as montanhas se cobrissem de neve.

O proto-colo

O prédio da Prefeitura, construído sobre um outeiro, vigiava vinte e quatro horas por dia pelo sono da cidade. Era um edifício moderno, imponente, de linhas entre arrojadas e tímidas. Bem diferente desses vetustos edifícios públicos que andam por aí, enredados em arabescos, carcomidos pelo tempo, espiando acanhados por pequenos buracos a que davam o nome de janelas. Esse não, todo envidraçado, sem colunas dóricas ou jônicas, nem sacada tinha para o aparecimento público; aliás, coisa que vai saindo de moda, porque aos poucos se torna sinônimo de apedrejamento. Mal se abriram as portas de vidro em caixilhos de bronze polido, Adão entrou. O esplendor de saguão, com mármores de Carrara e lustres de cristal da Boêmia, assustou o visitante. Como saber se não estava entrando no palácio de Júpiter, no Olimpo, ou na folha de parreira – misto de agenda e bermuda – e certificou-se de que estava no lugar certo. Os olhos ainda um pouco ofuscados pelo brilho do interior, localizou, sob um letreiro a néon, a recepcionista.
– Muito bom dia, senhorita.
– Que Deus o obsequie da mesma forma, cavalheiro.

Observaram-se durante alguns segundos, até que a recepcionista tomou a iniciativa.
– O que posso eu fazer por você?
A recepcionista era moça elegantíssima e tinha um ar soberbo, de grande dama, aprendido na Escola Superior de Relações Públicas para Funcionárias Municipais. Adão sentiu-se, no primeiro instante, um pouco atrapalhado.
– Não vê que eu, não é, isto é, quer dizer, que na minha casa já falta água há mais de um mês. Pelo amor de deus, gentil senhorita, estou sem banho há igual tempo, e o meu pomar começa a murchar. A árvore da vida, cujo trato me é tão caro, acaba de perder todas as flores. Isso é grave, senhorita, porque sem maçã não se poderá consumar o pecado original. E a Eva já anda se esfregando até em perna de mesa.
A recepcionista abriu uma gaveta de onde retirou um bloco de papel com o brasão da Prefeitura.
– O senhor vai desculpar-nos, mas é uma formalidade desnecessária que, entretanto, nos mantém o *status* de povo civilizado. Seu nome, por favor?
– Adão do Jardim Edênico, às suas ordens.
– Muito prazer, Eva do Jardim Botânico.
Apertarem-se as mãos efusivamente.
– Endereço?
– Jardim do Éden.
Ela escreveu repetindo pausadamente as sílabas.
– Ótimo. Agora, por favor, o senhor lave os pés ali naquela pia de bronze e suba ao primeiro andar pela escada de mármore cor-de-rosa. No fundo do corredor, à sua esquerda, o senhor vai descobrir o Protocolo.

Adão agradeceu com mesuras e palavras corteses, fascinado com tamanha gentileza.

Ao localizar, finalmente, o Protocolo, o coração de Adão pulsou aplausos de contentamento. Cansado e transpirando, escorou-se no balcão.

– Boa tarde, cavalheiro.
– Um momentinho.

O funcionário, absorto, mantinha os olhos fixos no relógio da parede. Faltavam cinco minutos para as duas. Quando enfim o ponteiro maior encaixou-se entre o um e o dois de meio-dia ou da meia-noite, o funcionário virou-se para o visitante e ordenou:

– Pode começar tudo de novo.

Encantado com tanta exatidão, o visitante sorriu, mas obedeceu.

– Boa tarde, senhor funcionário.
– Que Deus lhe dê em dobro tudo o que o senhor me desejar, senhor... como é mesmo que o senhor disse que é seu nome?
– Eu ainda não disse meu nome.
– Pois então não percamos tempo, que já são catorze horas e dois minutos e o expediente de hoje vai ser foda. Nome, por favor.
– Adão do Jardim Edênico.

O funcionário não declinou sua graça e Adão ficou decepcionado. Bem se vê, pensou ele, que é um empregado subalterno, sem as sutilezas de comportamento que só uma boa escola pode ensinar.

– Muito bem, seu Adão, e o que o traz até nós?

Nem sombra de embaraço, agora, por ser homem e demonstrar a simplicidade de quem não possui um diploma. Além do mais, o piso do primeiro andar era de cerâmica vermelha e a iluminação vinha de uma lâmpada fluorescente. Mesmo o letreiro, acima do balcão, era impresso com letras negras em uma cartolina branca. Nada do que causava a intimidação da entrada.

– Água, só água. Estamos sem água há mais de um mês, lá em casa, e o meu pomar...

– Perdão, cavalheiro, mas não tenho tempo para ouvir histórias. Quero síntese, entende? Síntese.

Adão começava a impacientar-se, por isso gritou.

– Eu vim aqui fazer uma reclamação.

O funcionário sorriu vitorioso.

– Ah, sim, agora começo a entender. O senhor veio aqui fazer uma reclamação, não é mesmo?

– Foi o que eu disse.

– E quem o mandou à nossa seção?

– Aquele monumento de mulher, que se eu não fosse casado há tanto tempo, não sei, não, mas acho que até poderia convidá-la para juntos cometermos algumas loucuras.

– Quem!? – interrompeu o funcionário, batendo o carimbo no balcão.

– A recepcionista.

– Correto. Era isso mesmo que supunha. Passe-me o papel então.

– Que papel?

– O senhor não veio até aqui entregar uma reclamação?

– Vim.

– Então, passe-me o papel.

– Mas por que um papel?
O funcionário sorriu novamente, mas agora, irônico.
– Me diz uma coisa, seu Edênico, o senhor é daqui mesmo?
– Como, daqui?
– O senhor mora aqui na cidade?
– Bom, moro mais ou menos.
– Mais menos do que mais?
– É. Acho que é.
– Onde?
– No Jardim do Éden.
– Bem que eu vi. É gente da periferia.
– Alguma coisa de errado nisso? Não são vocês, por acaso, que garantem o abastecimento d'água no meu bairro?
– Não, não é nada disso. É que o senhor não leu o letreiro aí em cima.
A impaciência raiava à revolta.
– Claro que li!
– Então, e o que está escrito?
– Protocolo.
– Aí, tá vendo? Protocolo. E o que o senhor pensa que nós fazemos aqui na seção?
– Sei lá!
– Pois eu explico.
O funcionário respirou fundo, muniu-se de paciência e começou a explicar.
– Olhe, seu Adão, no Protocolo, a seção mais importante desta Prefeitura, nós protocolamos. Sem nosso serviço, os despachos ficariam todos engavetados, os requerimentos jamais chegariam aos destinatários, as reclamações não

teriam por onde entrar, as execuções ficariam paradas. Sem nós, seu Adão, a vida na cidade seria impossível. Entendeu?
– Entendi.
– Pois bem, então vamos, o papel. Sem ele eu não posso protocolar.
– Mas eu não trouxe papel nenhum.
– E onde está a reclamação, meu amigo?
– Aqui, na minha cabeça.
O funcionário coçou o queixo, olhos enviesados, coçou a cabeça, catou um piolho na barriga e mastigou mostrando os dentes alvos. Apertou um botão do interfone e, em voz baixa, conversou por várias horas com o chefe da seção. Por fim, virou-se para Adão e jorrou peremptório.
– Impossível.
– E posso saber por quê?
– Claro. É nosso dever manter os munícipes bem informados. No dia dois de fevereiro do ano em curso, o Mui Digníssimo Senhor Prefeito Municipal assinou um projeto, em seu Gabinete do Prefeito, que enviou à Egrégia Câmara de Vereadores no dia seguinte. Os senhores Edis Municipais, em sessão do dia treze de março, deste mesmo ano em curso, aprovaram por unanimidade e devolveram ao Gabinete do Prefeito, com o número protocolar 24.68/32, o projeto retro citado, que, no dia seguinte, depois de sancionado, passou a incorporar o Código de Posturas Municipais, sob o número 404/1313.
– Sim, mas e daí?
–Daí, que estamos, nós do Protocolo, terminantemente proibidos de protocolar sua cabeça.

– Puta que os pariu! Eu não sou personagem de romance absurdo. Eu só quero água lá em casa!

O Chefe da seção passava, paletó no ombro, e parou surpreso.

– Parece que ouvi gritos!

O funcionário, respeitoso, perfilou-se para responder.

– Com sua permissão, senhor Chefe. É este senhor aqui, de quem já lhe falei. Ele veio fazer uma reclamação, mas não trouxe nada por escrito.

O Chefe da seção, fingindo em tudo um comportamento bem-educado para que ninguém desconfiasse de que não tinha diploma e que, se ocupava o cargo, era por ser amigo do Prefeito, sacudiu a cabeça lastimando a sorte do Adão.

– Sinto muito, senhor munícipe, mas o expediente acaba de encerrar-se. Só amanhã poderemos resolver o seu caso.

Nisto de expediente encerrado, o funcionário tirou o avental branco, sumiu por instantes no banheiro e de lá voltou de paletó, penteado, um riso faceiro na cara. Estatuado, Adão fitava os pés.

– Nós precisamos fechar a Prefeitura. O senhor vai ou fica?

– Fico.

Os dois se entreolharam assombrados.

– Mas isto não pode.

Adão pressentiu que era seu momento de desforrar-se.

– Como não? Me digam: qual o capítulo, o artigo, o inciso, a alínea do Código de Posturas em que se proíbe alguém de ficar?

No Protocolo, como nas demais seções, os funcionários eram obrigados a saber de cor os itens que lhes diziam respeito. A situação, assim, ficava complicada. O Chefe e seu subalterno afastaram-se cinco passos para confabular. Como nenhum dos dois conhecia o Código em sua íntegra, resolveram consultá-lo. Adão sentou-se ali mesmo, ao rés do balcão, enquanto os dois empreendiam uma exaustiva investigação.

Tarde da noite, ao virarem a última página do Código, o Chefe concluiu:

– Se não diz que não pode, é porque pode. Boa noite.

Na manhã seguinte, o assunto já encaminhado na véspera, foi tudo bem mais simples. Resolveram que Adão não estava obrigado a protocolar coisa nenhuma e fosse conversar diretamente com o Engenheiro, atual Secretário Municipal do Abastecimento de Água e Derivados. Adão alisou a folha de parreira, que começava a murchar, e foi em busca do Gabinete do Secretário.

Depois de ouvir da quinta secretária que entrasse para a sala seguinte, suspirou aliviado, achando que finalmente encontraria o homem. E mais aumentou sua convicção de que estava no caminho certo, porque foi recebido na porta por uma bandeja de cafezinho e em seguida perguntaram-lhe se preferia uísque escocês ou nacional. Atravessou uma sala imensa e vazia, acarpetada por dez centímetros de calor, e aproximou-se da mesa de jacarandá da Bahia, móvel cujo estilo brigava com tudo que vira até ali.

– A que devemos a honra de sua visita? – gritou um homem de cabelos grisalhos.

Mesmo sem ter ouvido direito o que o outro dissera, Adão fiou-se no rosto simpático e contou sua história.

— Infelizmente este assunto não é comigo.

Desapontado, Adão consultou o relógio na parede: faltavam poucos minutos para encerrar-se o expediente.

— Com quem eu devo falar, então?

— Com o Engenheiro.

— Puxa vida, até que enfim nos entendemos. E onde eu o encontro?

— Ele saiu há quatro semanas em um périplo de vilegiatura pelos Estados Unidos.

— Porra! Como, nos Estados Unidos?!

— Sim, é lá que ele se encontra.

— E quem está no lugar dele?

O homem que o atendia, talvez um adjunto para questões eleitorais, soltou uma gargalhada.

— Seu pensamento, meu amigo, é anti... ou ante, e agora?

Ligou o interfone para a Secretária Sênior, que já se tinha ido, e contentou-se com Marina, a Secretária Júnior.

— Dona Marina, é anti ou ante?

— Depende, Doutor.

— Ora essa, mas depende do quê?

A voz eletrônica e ardida lascou sua explicação.

— A professora disse que se é antes do dilúvio, é *antediluviano*; mas se for contra veneno de cobra, é *antiofídico*. E sem hífen, entendeu?

— Ora, tenha a santa paciência, dona Marina! Não estou falando de cobra nem de dilúvio. Eu quero dizer que é contra a ciência.

O aparelho ficou mudo por alguns momentos.

– Perdão Doutor, mas disso ela nunca falou.
– Sei, sei. De qualquer forma muito obrigado.
Desligou o interfone e confidenciou a Adão:
– Estas secretárias juniores são umas mulas. Sem a sênior, não sei no que viraria isto aqui. Mas de que mesmo que estávamos falando?
Restavam apenas três minutos e Adão suava.
– O senhor dizia que o meu pensamento...
– Ah, é! Pois então, senhor Adão, o seu pensamento é contra a ciência, porque sua pergunta contraria as leis da física. Dois corpos, senhor Adão, não podem ocupar o mesmo lugar ao mesmo tempo. Ninguém pode estar no lugar do Engenheiro.
Adão arrancou desesperado os últimos fios de pentelho.
– Pois bem, se eu não posso falar com o Engenheiro, porque ele não me ouviria de tão longe, com quem mais posso falar, que resolva o meu problema.
O Doutor, já de pé, preparando-se para ir embora, ainda respondeu.
– Com Deus.
– Não, com Deus não falo. Ele já não quis me quebrar o galho por causa de uma porra de uma maçã bichada, nem pensar na ajuda dele, neste caso.
– Sinto muito. Não tenho outra sugestão.
E saiu, sem ao menos perguntar se Adão saía ou ficava.
Duas semanas circulando pelos corredores de todos os andares, abrindo e fechando portas e janelas, apresentando-se a todo ser movente que encontrava, já era amigo da cozinheira, da servente, da recepcionista, dos chefes de seção, dos subchefes, do caixa, dos adjuntos e adje-

tivos em geral, dos substantivos e subtítulos licenciados, das secretárias das secretárias, das próprias, do Vice e do Prefeito. Nada mais natural, portanto, que fosse convidado a ocupar (e aceitasse) o cargo de Secretário Municipal de Abastecimento de Água e Derivados, no lugar do Engenheiro, cujo avião, de volta ao Brasil, mergulhara no Oceano, e cujo atestado de óbito acabava de ser protocolado sob o n. 24.69/ diga 33, para posterior encaminhamento ao arquivo, morto.

Verdes águas

Laura: irmã e fã. Com uma diferença de dois anos, pode-se dizer que os dois cresceram juntos. A veneração pelo irmão nasceu com as primeiras palavras, entre as quais aprendeu a dizer Arlindo, pois o erre era ainda uma barreira para a perfeita articulação das consoantes. Arlindo fazia coisas impossíveis para receber os aplausos de Laura, cuja admiração pelo irmão, com o passar do tempo, tornava-se cada vez maior, atingindo, mesmo, o paroxismo de um amor incontrolável. Com cinco anos de idade, Laura pediu o irmão em casamento, e foi muito difícil fazê-la entender que irmãos, por questões sociais, biológicas e até religiosas, não casam entre si. A menina sofreu por alguns dias com seus pensamentos tão rechonchudos quanto suas pernas cheias de sulcos profundos. Se o papai pôde casar com a mamãe, ela perguntava, por que eu não posso casar com Arlindo? Sua elocução das palavras fazia belos progressos.

Chegou aos dez anos, a Laura, convencida de que não precisava casar com seu irmão, mas de venerá-lo quase doentiamente, disso ninguém a podia proibir. Ciente do estatuto de entidade venerada, Arlindo usava sua imaginação para inventar frases bonitas, movimentos extravagantes, testes de resistência. Foi assim que inventou "A pedra do quintal sonhou com a Laura". Bater simultaneamente com os dois pés na parede, com a sola dos pés, na primeira vez rendeu-lhe o desconforto de uma queda de costas no piso, mas continuou treinando até conseguir a proeza para apresentá-la à Laura. Uma vez quase morreu, assim ele disse, com a cabeça enterrada num balde cheio de água. Só porque você se pôs a gritar, repreendeu a irmã. Poderia ficar sem respiração por muito mais tempo, talvez horas. Mas aquilo assustou Laura, que lhe pediu para escolher outros testes.

E realmente os testes mudaram, assim como as demonstrações de inteligência e de competência física.

No primeiro domingo de janeiro, os cinco percorreram um pouco mais de duzentos quilômetros para chegar à praia. Ao mar de verdes águas. Na frente, ao lado do irmão, ia Laura, que não se cansava de virar-se para trás, onde sentavam as três amigas convidadas, apenas para comentar as competências de Arlindo. Ninguém com menos de dezessete nem mais de dezenove.

Ao escolher as três mais belas de suas amigas, Laura pretendia ofertá-las ao irmão. Por vocação, Arlindo escolheria as três: um harém. Mas apenas por vocação. Desde o início da semana, quando Laura começou a organizar a excursão e revelou quais eram suas convidadas, Arlindo sabia de sobra que em nosso meio os haréns são todos clandestinos, situação que não poderia atraí-lo.

Já na descida da serra, e mesmo antes, nos muitos quilômetros percorridos, o jovem não perdia oportunidade

para demonstrar sua capacidade ao volante. Teria de escolher uma das três, mas agradava-lhe bastante a ideia de ser escolhido por todas. Por isso, fez uma ultrapassagem que as deixou com o coração batendo dentro da boca. Em várias curvas, fez desapiedadamente os pneus cantarem o hino ao nosso herói.
 Ao descerem do carro, na praia, as três garotas tinham a pele da cor da areia. Mas felizes por estarem vivas.
 Laura, durante todo o percurso, repetia, vocês viram como o Arlindo faz coisas incríveis? Sem alento para uma resposta oral, as três sacudiam a cabeça concordando. Os olhos maiores do que o próprio rosto. Felizes por estarem vivas.
 Arlindo foi o primeiro a jogar sua roupa para dentro do carro e então exuberou para as meninas seu corpo viril de atleta modelado em academia. Deu um salto mortal perfeito, bateu no peito, um tarzã urbano, e soltou um urro que fez todos os banhistas daquela praia se voltarem tentando descobrir de que garganta selvagem tal som havia saído.
 Deu alguns saltos porque ainda não estava na hora de salgar o corpo. Seu corpo em plena exibição. As amigas de sua irmã, muito constrangidas, começaram a tirar a roupa, restando sobre a pele apenas as finas tiras de seus biquínis. Era a hora que esperava para observar e escolher. Amanda, de cabelos longos, lábios grossos e úmidos, tinha promessas no olhar e na voz capazes de enlouquecer qualquer um. Suas pernas, de canelas finas e roliças, terminavam em duas coxas como troncos de palmeiras imperiais. Não se vexou de ficar olhando fixamente para Amanda, cujo nome já lhe parecia o gerúndio feminino do verbo amar.

Brena, em seguida, mostrou-se no esplendor de suas formas. A pele rosada, os peitos ameaçando explodir, o cabelo curto e aloirado e uma voz de cascata borbulhante, límpida e musical, tudo isso fez Arlindo mudar de opinião. Mas restava ainda Carolina, que se mostrou com certa timidez, pois era a primeira vez que expunha assim o corpo com que fora presenteada pela natureza e que tinha jurado, dois anos antes, mostrar apenas ao homem que a escolhesse para esposa.

Num furor de indecisão, Arlindo jogou-se nas águas verdes e deu fortes braçadas afastando-se da areia. Venceria aquela que demonstrasse com maior empenho havê-lo escolhido. Enquanto isso, as quatro garotas apenas o observavam, de pé na praia. As ondas vinham rolando desde o estômago do mar-oceano, espumavam e morriam na areia. Arlindo erguia um braço e soltava seu ohô! poderoso como se quisesse acordar alguém na Europa. As quatro amigas se encorajaram e deram corridas com gritinhos até molharem os pés.

Laura ficou parada de frente para o mar e chamou as três para que observassem com ela. Arlindo subia em uma onda, gritava de braço erguido, sumia novamente atrás de outra onda mais próxima. Ele faz coisas incríveis, repetia Laura. E elas quase deixavam de respirar tolhidas pela admiração.

O arroubo de campeão foi que fez com que Arlindo se afastasse cada vez mais da praia, prometendo a si mesmo um feito para registrar sua competência física e deslumbrar as três amigas de sua irmã. Iria além do quebra-mar e arrostaria o oceano aberto, Quem é que manda aqui.

– Meu irmão faz coisas incríveis –, Laura repetia com imenso orgulho, ao perder o irmão de vista.

Só no dia seguinte, depois de ter sido vomitado na areia pelo oceano, seu corpo foi encontrado por um pescador, a cinco quilômetros ao sul de onde tinha entrado na água.

Um homem apenas

Um rabecão invadiu nosso campinho, e paramos para descobrir o que poderia estar acontecendo. Logo depois, uma viatura policial seguiu o mesmo caminho, e ambos, a ambulância e o rabecão, foram parar ao pé da escada da casinha do velho, na parte mais alta da ladeira.

Não tínhamos um campinho plano, como a turma do quarteirão mais pra baixo, mas nosso gramado em declive era da melhor qualidade. Meio tempo ficávamos chutando para cima, contra todas as leis da natureza; meio tempo chutávamos para baixo, e todos os santos nos ajudavam.

Além do nosso gramado, contávamos como uma de nossas vantagens sobre os adversários do outro quarteirão, a existência daquela casinha misteriosa e avulsa na parte mais alta de nosso campo, uma casa de madeira construída sobre pilares muito altos de pedra e tijolo.

Quando viemos ao mundo, já encontramos aquela casa plantada sobre suas longas pernas, escondendo mistérios que nos infundia respeito, mas principalmente muito medo. Quando a bola subia com exagero e se aproximava da casa, não era qualquer um dos nossos que se dispunha a ir buscá-la. Por duas vezes ela perdeu o rumo e foi parar debaixo da caverna misteriosa. Ficamos olhando de longe, calados, sem vontade de reiniciar a partida. Queríamos saber se o velho estava em casa ou tinha saído como raramente fazia. A porta, a única, estava fechada, assim como as duas janelas, mas isso, sabíamos por experiência, pouco significava. Os costumes do velho habitante daquela casa eram inteiramente desconhecidos e ele nada fazia para que pudéssemos deles depreender alguma rotina. Era um velho de cabelos curtos e brancos, um rosto avermelhado e olhos aguados, cor do mar. Ele não falava nossa língua, pelo menos fora essa nossa dedução nas poucas vezes em que alguém do bairro tivera a ideia de se comunicar com ele. Fechado. Não queria saber do mundo, e o mundo dele nada sabia.

Às vezes aparecia no alto da escada também de madeira, com cerca de uns dez degraus. E toda vez que aparecia, trajava um terno azul-marinho, camisa branca sem gravata. Já sabíamos: passava a chave na porta, descia os degraus da escada, atravessava a passos lentos o pedaço de campo que o separava da rua e desaparecia na esquina. Um dos nossos companheiros, que morava para aqueles lados, informava que o velho tomava sempre o ônibus da mesma linha que levava para o centro da cidade. Até ali iam nossos conhecimentos. Aonde ia ele? O que fazia? Ninguém propunha uma resposta. Ao cair da tarde, quando voltava, seu cabelo liso e branco tinha descido sobre a testa suada. Ele subia os degraus, pegava a chave que trazia no bolso, abria a porta e desaparecia de nossas vistas.

Os policiais, movimentos treinados, subiram a escada com o nariz escondido atrás de seus lenços brancos.

Protegidos por adultos de tanta autoridade, nos encorajamos a chegar mais perto, até a distância de onde já se podia sentir o cheiro forte de carniça.

Eles arrombaram a porta frágil que rachou com estardalhaço sob a ação de um pé de cabra. Olhávamos tudo aquilo com o espanto de meninos. Nunca tínhamos visto heróis de tão perto assim. Em seguida os funcionários do rabecão, os dois, subiram também, carregando com dificuldade um longo recipiente de lata. Os quatro homens não se demoraram muito no interior da casinha. Aquela espécie de canoa de lata parecia agora muito mais pesada, pelo modo como a transportavam: os policiais tiveram de ajudar a descê-la. Empurrada, enfim, para dentro do rabecão, sem uma palavra, os dois carros roncaram, atravessaram nosso campinho e desapareceram pela rua por onde o velho sempre desaparecia.

Não sou canibal

Quando eu chamei, ela não veio, como costumava na hora da ração. Esperei até o sol desaparecer, escondido nas trevas da noite. Os demais foram chegando, passo lento, mugindo uns para os outros, sua vizinhança, mas minha vaquinha, aquela de estimação, aquela não veio. Ainda pensei em sair à procura dela pelo campo, mesmo na escuridão, ideia que minha mulher, esta aí, me tirou da cabeça com palavras de ferir meus sentimentos. Foi difícil embarcar na canoa do sono: ela balançava muito. Decerto cochilei alguma coisa, mas tão pouco que de manhã eu saí da cama dizendo ter passado a noite em claro.

O café me queimou a língua apressada, e saí para o campo mastigando ainda um pedaço de pão. Na mangueira, a Mimosa, com suas malhas pretas e marrons não estava. A trote atropelado atravessamos o campo até o capão sem nada ver. As moitas sem estatura para esconder um animal, mesmo que fosse minha vaquinha, não atrapalhavam nossa busca. Beiramos a cerca, no seu correr, e fomos sair do outro lado, o resto de pasto mais verde, de terra úmida. Então já podíamos pensar que nos encontrávamos nas lonjuras, lugar pouco frequentado por estes meus semoventes, que por aqui ficaram. Eu gritava o nome da Mimosa e ficava de ouvido esperto esperando resposta. Mugido nenhum.

E eu, que não sou de acreditar em pressentimento, comecei a palpitar algum dano, pois não faz muitos anos que andou aqui pelo distrito um caminhão que deixou rombos em muita cerca. Reses e cavalos andaram sumindo.

Contornamos o capão e enveredamos pelo carreiro que vai dar no alto da colina, um lugar de capim ralo, que não podia contar com a preferência destes seres pasteiros, mas de onde nossa visão abrangia os recônditos do espaço. A passo pausado, no aclive, o peso do corpo, chegamos ao alto, de onde. De pé no estribo, mirei com meus olhos toda extensão. E vi.

No início, o que divisei, foi apenas a mancha diferente no fosso. E uma vaga de suor me inundou quando me pareceu ter notado algum movimento. A mancha que eu via misturava preto e marrom. Da distância.

A descida, apesar da pressa, foi ainda mais lenta, o cavalo quase sentado no chão. O sol já estava no ponto de quente, mas não me incomodava. Eu só olhava querendo duvidar.

Chegamos, finalmente, ao início da várzea, e o rebenque fez o cavalo galopar. Não era muito grande a distância a percorrer aquela malha de campo seu capim verde, mas lagoas e valetas um tanto delas havia lagoas e valetas das quais era preciso que a gente se desviasse por isso mantive os calcanhares cutucando as ilhargas do animal cutucando rápido até ele demonstrar muito boa vontade para com minha urgência.

Antes que o atropelo do galope terminasse, solavanco brusco, eu já estava no chão correndo. Era mesmo a Mimosa, de pernas para cima, umas pernas, sem poder se aprumar. Pulei dentro do valo e corri até sua cabeça, onde uns olhos grandes, lacrimejantes, me pediam socorro. Há quanto tempo ali presa, entalada nos barrancos? Três corvos com suas roupas de luto circulavam no azul, à espera, espertos, contando as horas.

E aquela posição?, uma coisa errada seu corpo dobrado como estava: paleta e anca perto demais, em proximidade. Suei novamente, o suor do medo. Foi quando voltei para o cavalo e galopamos endoidecidos, a Mimosa nos meus olhos, grudada. O vento vindo veloz penetrava nas minhas ideias, e aquela que mais renitia era Quem me ajuda?, porque em casa, o que eu tinha, e tenho, é uma mulher e as duas crianças, sem traquejo de lidar com animal. Passei pelo terreiro no mesmo galope que vinha e me atirei pra casa do vizinho, que decerto àquela hora ainda não tinha saído de casa.

O Juvenal, que encontrei na porta da cozinha lá dele, entendeu minha história assim como minha pressa e não levou mais do que meio minuto para estar montado no seu baio a meu lado, correndo de volta.

Na beira do fosso, pulamos de cima dos cavalos, e o Juvenal gritava Ehê! Ehê! como se quisesse dizer tudo que passava por seu pensamento. Chegamos juntos ao lado da Mimosa, que pareceu espantada, por isso ela esperneou um pouco e me pareceu que por fim se acalmava. Meu vizinho levou a mão por baixo, apalpando em investigação. Depois me olhou triste. E sacudiu a cabeça.

O espinhaço, ele disse, jeito nenhum que se dê.

Pulei pra cima do barranco e me virei de costas, mas os ouvidos perceberam o mugido rouco, vindo do peito, baixo e grave, e o ar puxado pelas ventas fez ruído que até os cavalos se excitaram, com nervos. Eles sabem de tudo. Os olhos vidrados da Mimosa, posso esquecer? Com os dois cavalos e as cordas conseguimos puxar minha vaquinha para cima do barranco. Ela quis pular, dizia o Juvenal, uma coisa que eu já tinha percebido. O pasto mais viçoso do outro lado. Mas não alcançou o barranco do lado de lá. Ainda tivemos de ajudar empurrando por trás.

Ele, meu vizinho, desabalou com seu baio, para as vasilhas e ferramentas, enquanto fiquei ali sozinho, tirando o couro sem segurar o choro. Ela ainda quente perdendo sua cobertura preta e marrom. Como um cobertor.

Quando ele voltou com mais gente e vasilhame, a Mimosa já estava fora de seu couro.

E eu que tinha botado toda minha esperança nesta vaquinha, boa parideira, bezerros que ia criando, nos tempos, me arrumando com a família, os rendimentos crescentes. E ela parecia entender meu pensamento, amiga do jeito que se pôs. Agora, o que é que eu tinha? Bastante carne, e outros apetrechos necessários a um vivente: os de dentro.

O Sol já estava a ponto de sumir quando veio a carroça e carregou com tudo para cima, aqui em casa. Tudo salgado, retalhado, repartido nas caixas, bacias e gamelas. Era muita carne, além dos miúdos e outras partes.

Quem inventou o churrasco, como se vê, foi minha mulher, esta daí, achando difícil guardar sozinha tantos quilos: os espaços.

Alguns devem estar estranhando as lágrimas, que eu não posso esconder. Eles comem com bom apetite, mas pra mim isso é impossível. Seria como me botar a mastigar alguém da família, e canibal eu não sou.

O Aeroporto

Quando acordou e viu que todos os passageiros desciam levando suas bagagens de mão, Airtom pegou sua mochila e também desceu. Na escada já sentia no rosto o vento frio, cujas rajadas mexiam com seus cabelos. Olhou o prédio largo e alto do aeroporto, examinou com atenção uma imensa placa metálica e concluiu que se tratava provavelmente do nome, ou do próprio aeroporto ou da cidade aonde chegaram. Os sinais gráficos quase gigantescos da placa, entretanto, não lhe diziam nada. Mas não parou, seguindo o caminho trilhado pelos outros passageiros. A maioria encaminhou-se para a sala das esteiras, onde as malas seriam distribuídas. Na porta de correr, Airtom parou indeciso. Não se lembrava de haver trazido bagagem além de sua mochila. Por isso continuou até o imenso saguão, esperando encontrar algo ou alguém que lhe desse alguma pista do lugar em que se encontrava. Guichês de *check-in*, bares, uma livraria. E muita gente com cara de seres comuns, caminhando apressadamente na ida como na volta, a cabeça erguida e a mão amassando a orelha com um celular. Todos eles falando ao mesmo tempo sem se importarem de incomodar ou de serem incomodados.

As palavras, se é que eram palavras, eram tão estranhas quanto os sinais gráficos percebidos na chegada.

Ninguém ria.

Airtom descobriu uma cadeira vaga ao lado de uma mesinha à espera de cliente. Ah, sim, sua mochila não era muito leve, e as pernas latejavam destreinadas em andar a volta, sem rumo, como numa dança cujo destino é o mesmo objetivo: dançar. Apressou-se a tirar uma ficha, como via outros passageiros fazerem. Percebeu claramente que o caixa se dirigia a ele, por causa de um olhar dirigido a sua testa, e não entendeu o que lhe dizia, mas supôs. Apontou para o balcão de vidro e disse em sua língua que queria um daqueles ali. Com o dedo indicou a quantidade e o caixa, surpreso, olhou para cima. Novamente teve de supor, sem entender o preço. Abriu a carteira e mostrou ao homem com cara de pessoa comum, mas que não portava um celular, uma cédula, uma das de maior valor que tinha. O homem, que além de cara de pessoa comum, aparentava idade avançada, começou a rir. Ria e dizia alguma coisa impossível de ser língua de gente. Em pouco tempo a cena já tinha atraído umas dez pessoas que falavam, riam e apontavam para sua cédula e seu valor.

Tentou uma segunda lanchonete, de onde sentia o cheiro de carne assada a subir da chapa. Não teve público, como na primeira tentativa, todavia o resultado não foi diferente. A mulher que tomava conta do caixa parecia dizer alguma coisa que Airtom supunha ser o preço, e sacudia a cabeça com um sorriso bondoso nos olhos um pouco espremidos e nos lábios invadindo suas bochechas. Novamente não foi servido.

Foi até o fim do saguão, deixando para trás duas escadas rolantes e os painéis cobertos de sinais gráficos luminosos e de várias cores, supostamente letreiros com indicações de voos, destinos e horários de que tanto necessitava para se localizar, mas cujos significados não alcançava. No fim do saguão, pelo menos, encontrou uma cadeira onde descansar. Quem não reconhece num aeroporto uma aeromoça?, Airtom se perguntou ao mesmo tempo em que se jogava à frente de uma jovem com o cabelo em coque, saia e blusa do mesmo tecido e cor, e, na cabeça, um casquete decorado por duas asas de uma ave metálica. Espantada, a moça parou e ficou mirando atenta aquele homem à sua frente. Airtom falava três línguas, uma nacional e duas de uso praticamente universal. A aeromoça continuava espantada e seus olhos muito abertos eram dois pontos de interrogação.

Duas horas de descanso, Airtom teve uma ideia e se culpou por até então não ter pensado nisto: levar sua passagem até algum guichê, onde fatalmente receberia alguma informação. Ao levantar-se e ajeitar a mochila nas costas, ele sorriu satisfeito, a solução ali, a poucos passos de distância. Os funcionários da primeira companhia consultada pegaram seu bilhete, chamaram outros funcionários, conversaram, provavelmente falavam, pois mexiam os lábios e faziam gestos com as mãos, por fim devolveram-lhe a passagem dizendo muitas coisas, quase gritando, sacudindo a cabeça.

Só depois da quinta tentativa, Airtom desistiu.

Cansado e com fome, a noite escondia-se por trás da iluminação interna do aeroporto, concluiu que já se tinham passado muitas horas. O movimento de pessoas com a cabeça erguida e um celular grudado no ouvido havia diminuído. Só então lembrou-se de que trazia também, preso à cinta, um aparelho daqueles. Finalmente, pensou. O celular continuava desligado, pois Airtom se esquecera completamente dele desde o desembarque. Ligou e esperou algum tempo. Pequenas luzes e belas palavras familiares foram aparecendo na pequena tela, para renovação de sua esperança. Sentiu que a testa estava úmida e procurou o lenço nos bolsos. Por fim, ficou um tempo parado, em dúvida – não se lembrava de haver trazido algum. Acabou usando a manga da blusa, julgando-se um boçal pelo comportamento grosseiro, mas perdoando-se ao refletir que a situação altera os padrões e valores.

As luzes se estabilizaram na tela do celular: ligado. Airtom discou o número provável de sua casa. O aparelho, entretanto, não pegava sinal. Andou alguns passos, sempre de olho na tela, e nada se alterou. Atravessou uma porta de vidro, aberta com sua aproximação, e descobriu que já era tarde da noite. Seu celular, mesmo debaixo do céu, não encontrava sinal.

Airtom voltou ao saguão e pôs-se a gritar, fazendo gestos angulosamente agressivos com os braços. Ninguém pareceu perceber sua presença, até que um homem se aproximou falando ao telefone. Não demorou muito para que aparecessem dois supostos guardas, pois estavam uniformizados e com revólveres pendurados da cintura. Cada um dos dois pegou em um dos braços de Airtom e o levaram embora.

Último domingo de outubro

Último domingo de outubro, nenhuma nuvem para estragar o passeio. Em volta da mesa do café, os cinco mastigam apressados. Enfim, a pescaria tantas vezes protelada vai acontecer. Novembro já entra no período de defeso: proibido incomodar os peixes em sua casa silenciosa. E quem mais rápido mastiga é o Eduardo, excitado com a promessa a se cumprir. De nada adiantam as advertências da mãe para que mastigue direito. As duas irmãs, que sempre detestaram os piqueniques de domingo à beira da lagoa, riem deliciadas com a careta do Eduardo, que acaba de queimar a língua com o café quente.

O garoto é o primeiro a abandonar a mesa, e tão ansioso que nem pede licença, como reclama a mãe. O pai sorri. O dia de folga e a possibilidade real de satisfazer o velho pedido de seu filho criam o estado de euforia há tanto tempo desconhecida.

O Eduardo corre para os fundos da casa, volta correndo com as varas, um molinete, a carretilha e a maleta com as tralhas, levando tudo para o carro. Volta e pede a chave ao pai, Sim, no porta-malas, eu sei.

Tudo pronto, ele volta e ainda encontra a Nair terminando seu desjejum. Os outros já andam por aí, escovando os dentes, arrumando a roupa apropriada para um dia inteiro à sombra de alguma árvore, fazendo hora, essa falta de pressa só pra me irritar, não é?

Vai num, vai noutro, empurra, fala, quase chora, mas em poucos minutos consegue empurrar todos para dentro do carro.

A viagem de pouco menos de uma hora até poderia ser uma viagem agradável, os vidros abertos, a brisa agitando os cabelos, o ruído monótono do motor, tudo uma paz profunda e azul. Poderia, não fossem as duas irmãs mais velhas com seus semblantes pesados, e o rancor de umas poucas palavras que se arrastam até os lábios apertados e rolam para fora como gemidos.

O Eduardo, que viaja feliz, faz a observação:

– Se todos os domingos do ano são delas, por que agora se irritam no único que me coube?

A mãe, sentada com as filhas no banco traseiro, e o pai, mãos firmes no volante, sacodem concordâncias com as cabeças. As duas, muito quietas mas de olhos em observação, percebem que lhes tiraram todas as razões, por isso, apertam-se as mãos, sinais imperceptíveis, e resolvem desatar os nós que as separam da alegria familiar.

O bosque escolhido fica vizinho da lagoa, pouco mais de trinta metros de relva. E a árvore que sustenta uma copa ampla e bem fechada é o lugar onde as mulheres estendem esteiras, cobertores, enquanto os homens descarregam cestos, caixa de isopor com as bebidas e a churrasqueira.

Todo serviço pesado no fim, o Eduardo aparece com seu material de pescaria: uma vara, a maleta com as tralhas e desce na direção da lagoa. Logo atrás desce o pai, com o molinete, sua maleta, e senta-se ao lado do filho, ambos debaixo de abas com sessenta centímetros de diâmetro. A preparação de linhas e anzóis é lenta, minuciosa, em tudo o filho imitando o pai. E os dois ficam muito contentes com este aprendizado. O pai faz uma observação e, por fim, o Eduardo consegue a voltinha que vai dar melhor fixação à linha. Em volta, o canto do vento nas copas e o alegre gorjeio do ror de passarinhos de cores quase impossíveis. Finalmente e com ar de triunfo, o menino joga na superfície parada da lagoa seu anzol, que mergulha, deixando apenas a boia como indício do que pode estar acontecendo lá no fundo.

O pai se prepara para lançar ao longe, no meio da lagoa, sua linha, quando toca o celular. Ele faz careta de desagrado. Quem será?, o pai resmunga.

– É meu diretor, cochicha para o filho.

Então se afasta e vai parar em uma sombra bem distante da esposa e dos filhos. Mas todos eles percebem que sua gesticulação é angulosa, desesperada.

– Mas doutor Geraldo...

– Não tem mas, Ernesto. Não tem mas. Nós estamos pagando a descarga por hora. E só você pode liberar aquela papelada.

– E a minha família, doutor Geraldo?

– Você vai e volta. Sua demora, Ernesto, pode custar-nos caro.

O pai se despede e desliga o celular.

Ernesto sai apressado, dizendo que fiquem por ali que ele já volta.

– Mas é longe? – pergunta a esposa.

Ernesto não responde. Entra no carro e sai cantando pneus.

A mãe comenta com as filhas seu pai saiu incomodado, aquela expressão de raiva na testa e nos olhos. Agora ficou uma família debaixo de umas árvores, esteiras e cobertores estendidos sobre a relva, uma churrasqueira montada em quatro pernas finas e pretas com o ventre repleto de carvão seco e apagado. Elas olham para a promessa de almoço um pouco desenxabidas, pois o churrasqueiro saiu com o carro cantando pneus.

As três, sentadas na esteira, estão atentas para o movimento do Eduardo na margem da lagoa, pois parece que luta contra um peixe, deve ser um peixe, um peixe que se debate em contrações espasmódicas, que pula, se contorce e despede reflexos prateados de seu corpo agitado. Entre elas, o silêncio quer dizer que estão espantadas com o filho e irmão que possuía uma habilidade desconhecida, e isso o eleva acima de sua condição infantil. Estão quietas e admiradas.

Por fim, depois de machucar o joelho e receber um corte na mão, o menino, vitorioso, ergue um peixe lindo e claro, brilhante como uma lâmina móvel, e grita por sua conquista. Mas não existe glória sem plateia, e a mãe com suas filhas não são o público a que ele aspirava. O pai foi chamado, seu pai atraído por ondas que chegam pelo ar para que ele cumpra sua sina. Ao jogar o peixe no samburá, sente a solidão em que se encontra, e seus gestos perdem o sentido. Sem solução para seu tempo, prepara-se para novas lutas. E arremessa o anzol que, ao mergulhar, levanta lágrimas da lagoa.

Alguns peixes a mais no samburá, sua mãe desce à beira da água e começa a prepará-los para o almoço. Suas filhas, com ar azedo, lábios contraídos e dedos de pontas sensíveis, já estão ateando fogo no carvão da churrasqueira. Com grande dificuldade e perigo, pois as labaredas se esforçam por atingi-las. E o pai, será que ainda demora? O pai?

Durante o almoço, começam a aparecer as primeiras nuvens. São lentas e silenciosas, mas densas e escuras. Elas são antecipadas por um vento brando, mas fresco tendendo para frio. A irmã mais velha termina seu almoço e enrola-se em um dos cobertores, como se atacada por uma febre.

A tarde se esvai e longe dali Ernesto consulta o relógio à passagem de cada cinco minutos. Finalmente solucionada a burocracia e encaminhada a descarga, ele embarca no carro e volta para a estrada. Calcula em duas horas para vencer a distância que o separa da família. Duas horas de estrada. Pretende chegar ao parque antes da noite. Pensa em desligar o celular, mas lembra-se de que está impedido de fazê-lo. Existem laços na existência cuja ruptura pode provocar algum desastre. Apenas afunda um pouco mais o acelerador.

Ao se aproximar do bosque onde deixara a família, fica em dúvida sobre o local, pois não há qualquer vestígio de que estiveram por ali. Reconhece então o jirau onde pretendia pescar ao lado do filho.

O céu está escuro, coberto por grossas nuvens, a noite se aproxima. O vento faz gemerem reclinadas as árvores. Longe dali, numa curva da lagoa, descobre a esposa e as duas filhas, que gritam desesperadas, e gesticulam como doidas e ameaçam se jogar na água. Ernesto, enquanto corre vai gritando o nome da mulher, e pergunta o que aconteceu, mas ela não responde, só aponta para o meio da lagoa, onde Ernesto por fim descobre ao lado de uma canoa emborcada a camisa azul do Eduardo boiando sobre a água.

Tarde da noite

Uma noite, ao chegar da rua em cima de suas pernas dormentes, a cunhada a segurou na cozinha e com a voz escurecida de aspereza disse que assim não dava mais: reclamações dos vizinhos por causa de estripulias dos dois meninos, a reforma da casa interrompida há mais de um ano, e as despesas excedentes, que vinham pesando muito no orçamento. Que desse um jeito em sua vida. Aproveitou esperta a ausência do marido, ele no banho, e disse tudo que vinha guardando há muito tempo como veneno espalhado por dentro das veias. Sua pele úmida exalava sem muita intensidade o cheiro azedo do ódio contido, os olhos chegavam bem perto do rosto da cunhada e a verberavam flamejantes. Houve um silêncio áspero em que muita coisa começou a estragar. Os dois meninos na sala, com os primos, na frente da televisão. Era neles que a mãe pensava aflita, quase desesperada. Na cozinha pequena, as cunhadas frente a frente, muito existentes dentro da luz fria das duas luminárias, mudavam o futuro de lugar empurrando a vida com um ombro duro e pesado. Foi por causa dos meninos que sua boca se manteve escondida por trás de lábios secos e fechados, incompetente para as palavras. Então levantou-se muda e arrancou, com os dedos em gancho, tufos de cabelo que branqueavam no alto de sua cabeça baixa. Esparramou os fiapos aos pés da cunhada, como o primeiro ato de seu sacrifício: o holocausto. A outra talvez não tenha entendido o gesto, quando seus olhos vazios cresceram cegos, e ela foi tateando as paredes do corredor com as mãos estreitas em fuga para seu abrigo.

Naquela noite, ninguém, além da dona da casa, sabia por que Letícia tinha ficado no quarto sem querer jantar. E mesmo ela, Márcia, usando uma voz inocente, por várias vezes durante a refeição tinha perguntado a um e a outro por que será? As sobrancelhas erguidas repetiam a pergunta com admiração.

Os dois meninos comeram em companhia dos tios e dos primos aquela comida emprestada, sem nada perguntar.

Na manhã seguinte, as duas mulheres se avistaram de longe. Uma tomava conta do que era seu, mexendo em sua pia, preparando no fogão o café de seu marido. A outra saía mais cedo, carregando consigo uma dor nojenta: o asco pela vida. Os filhos continuavam dormindo no colchão posto ao lado de sua cama, e estavam entregues a si mesmos, os meninos, com pouco arrimo. Bem pouco arrimo. Como seria viver seu dia debaixo dos olhos da tia? Olharam-se apenas de relance, que é um modo enviesado de olhar, para evitarem um choque mais violento. Márcia não estranhou os olhos brancos de cega da cunhada, convencida de que deveria ser assim mesmo.

Elas não se cumprimentaram porque agora estava declarado com palavras de ácido o rancor que as unia.

Através da vidraça da sala, os olhos de verruma de Márcia acompanharam o afastamento das costas da cunhada. Estava ainda escuro como um luto e logo depois do portão seu vulto deixou de ser parente. O que faria aquela mulher na rua assim tão cedo? Saía à procura de uma casa para morar? Seria muito bom. Seria bom demais. Mas não acreditava. De onde ela ia tirar o dinheiro do aluguel? Talvez estivesse disposta a procurar serviço com mais empenho. Bem, mas isso sim já seria sinal de que a conversa da noite começava a ter resultados.

Quando o marido, esfregando o sono dos olhos, entrou na cozinha com o cheiro da pasta de dente na boca, Márcia estava tensa porque guardava um segredo. Levantou-se e trouxe do fogão o café quente. Depois de servir seu homem, sentou-se para servir-se também. Já estava clareando, mas não havia atraso. A Letícia, ela começou, a Letícia já saiu. Estava escuro ainda quando ela saiu. O irmão mastigava com movimentos firmes de maxilar e os olhos quase fechados pareciam não ouvir nada. Sei lá o que ela anda fazendo na rua, Márcia ainda provocou, mas sem resultado. Seu marido esvaziou a xícara e só então falou. Está na hora, ele disse, como se alguém tivesse perguntado alguma coisa. Levantou-se, beijou a testa de plástico morno da mulher e saiu com suas costas nítidas pelo mesmo portão por onde, ainda escuro, saíra sua irmã.

O dia inteiro arrastando sua sombra nas calçadas da cidade, Letícia segurava muito firme no pensamento os dois filhos de cujas estripulias registravam-se queixas por cima do muro. Eles agora eram sua família. Só eles. Distraiu-se um pouco, descansando o pensamento pesado, apenas durante as entrevistas, umas poucas em que, por razões fortuitas, foi recusada. Ao meio-dia comeu um ovo cozido no balcão de uma espelunca e pediu um copo de água da torneira para lavar a boca. Então voltou a caminhar com pressa como se estivesse atrasada para o encontro com seu destino.

Só pensou em voltar para a casa do irmão quando notou a iluminação no alto dos postes. Seu rosto enrugava-se com o movimento das pálpebras, que se abriam e se fechavam muito mecânicas, mas não inteiramente metálicas.

Depois de informada sobre sua verdadeira situação naquela casa, não teve mais vontade de respirar o mesmo espaço da cunhada, então, se pudesse, se não fosse pelos dois meninos, passaria o tempo todo na rua. Mesmo à noite, com toda a falta de boa iluminação nos becos da cidade, era neles que jogaria o corpo para que descansasse. Só a ideia de atravessar novamente o portão para pedir emprestado um lugar onde dormir com os filhos já lhe dava uma fraqueza nos pensamentos e uma ardência no estômago.

Empurrou o portão de ferro com cuidado para não fazer barulho. Ao perceber que a família estava reunida na sala para exercitar as emoções com a novela da tevê, ela contornou a casa, rente à parede através da qual os diálogos eram filtrados e vinham até ela. Não conseguia entender as palavras, que não chegavam nítidas, mas ouvia voz humana distorcida pelo alto-falante. Vozes conhecidas e diárias, aquelas vozes. O corredor entre o muro e a parede estava frio, talvez úmido. Letícia enfrentou a escuridão sem titubear, sentindo-se quase em estado de heroína ao evitar daquele jeito a passagem pela sala, recusando seus cumprimentos à família do irmão. A porta da cozinha estava aberta e a mulher foi silenciosa direto para o quarto onde dormia. De humanos, só tinha vontade de ver os filhos, mas sabia que teria de esperar algum tempo, por isso aproveitou para se trocar e deitar-se com as pernas, toda ela estendida na cama. Fechou os olhos e respirou muito até sentir que os músculos não estavam mais apodrecidos. Arrancou mais um tufo de cabelos para sentir que estava viva, convencida de que só a dor é a real medida do ser humano.

Um atrás do outro, o mais velho à frente abrindo caminho com a vantagem de sua altura, os dois irmãos atravessaram a cozinha quieta de tanta penumbra. Não falavam, ao atravessar a cozinha, mas sabiam ambos que estavam com os corações espremidos por terem passado o dia todo sem notícias da mãe e agora tinham de se arrumar sozinhos para dormir. O mais novo ensaiava o choro quando, abrindo a porta, a luz bateu-lhes no rosto e o irmão que seguia à frente, porque era o mais alto, gritou É a mãe. E correu a seu encontro. Seus olhos brilhavam como se tivessem descoberto alguma maravilha. Os dois disputaram espaço para seus abraços, de repente sentindo uma alegria que nem imaginavam tão possível.

Depois dos relatórios do dia, como é que passaram, se não tinham incomodado a tia, se tinham comido direito, o filho mais velho, com seus olhos cheios de dó, olhou de perto para o rosto de Letícia e disse Mãe, eu acho que seu rosto quer dormir, porque seus olhos estão vazios.

Apesar da pouca luz, os meninos perceberam que faltavam cabelos na cabeça da mãe e que em seu rosto sulcos muito fundos desciam diagonalmente, em fuga. Mas ela inventou um sorriso para os beijar e pô-los a dormir.

Madrugada escura, no dia seguinte, quando Letícia saiu. Márcia já abandonara o marido no último sono e fora preparar seu café. Cedo era, muito cedo, mas ela não queria perder a saída da cunhada, mesmo que fosse para vê-la apenas pelas costas. Depois poderia passar o dia todo perguntando aos filhos dela o que faz sua mãe tão cedo na rua? Iluminou a cozinha com a fluorescência da luminária e sorriu com antecipação para sua própria imagem que saltou na vidraça, fiscalizadora. Os ruídos que fez foram suavizados por sua vontade de ouvi-la abrindo a porta do quarto.

Letícia enfrentou aquele resto de noite para botar-se para fora, pois queria abrir padarias, levantar a porta dos bares, oferecer-se para a limpeza das lojas, quando estivessem abrindo, queria terminar de dormir num banco de praça, em companhia dos cachorros de rua, qualquer coisa para não ficar naquela casa.

Bem mais tarde, ao ver as costas quase ensolaradas do marido atravessando o portão, Márcia concluiu que a cunhada pusera-se doente, mas de pura mentira, só para passar o dia na cama. De pura manha, aquela, a irmã de seu marido. E por causa da idiota, tinha levantado meia hora mais cedo. Os olhos queimando e a boca aberta cheia de bocejos, e a fulana nem aí, estarrada debaixo do edredom!

Quando os dois irmãos, em fila, desentocaram seus ruídos infantis para escovar os dentes, a dona da casa sentiu uma necessidade terrível de orgasmo e foi espiar o interior do quarto pela porta que eles tinham deixado aberta. Só conseguiu uma decepção com os olhos, pois a cama estava lisa e fria, uma cama com toda sua impessoalidade como um ser inútil.

Então era vítima de mais uma das traições daquela: a que horas poderia ter saído? Por não ter surpreendido a cunhada em casa, Márcia passou o dia sentindo-se derrotada, por isso não comentou o assunto com ninguém. Mas à noite, durante a novela, repartiu os ouvidos entre a televisão e o portão da rua. Nos intervalos, corria a perscrutar a rua pelo postigo. Inutilmente. As emoções da novela não tiveram concorrência.

Naquele segundo dia, a sorte de Letícia não foi completa, mesmo assim conseguiu limpar um jardim coberto de ervas e folhas secas até o meio-dia e, à tarde, lavou a louça de um restaurante. Então voltou a arrastar a sombra nas calçadas até o início da noite, quando se sentou num banco de praça para descansar, vizinha de um mendigo habitante daquela paisagem, com quem ficou de conversa até bem tarde.

Letícia, durante aquela semana, tinha percorrido os quatro pontos principais de uma cidade: norte, sul, leste e oeste. Sem vislumbre de emprego com que manter uma casa com dois filhos dentro. Por fim, conversando muito, uma conversa cheia de perguntas e pedidos, acabou descobrindo a possibilidade de alguns bicos.

A louça de um restaurante, os vidros de um sobrado, a roupa de uma família, a limpeza de um quintal. O dinheiro que recebia mal dava para enxugar o suor.

Na última noite daquela primeira semana, ficou até tarde lavando uma pilha de pratos. De longe, ao ver a fachada da casa do irmão, Letícia sentiu-se tonta e abraçou um poste que estava ali parado. Enxugou a testa com a manga da blusa, respirou fundo, atravessou o portão e esgueirou--se entre o muro e a parede, aquele corredor úmido e frio, como se aquele espaço já fizesse parte de seus direitos. Era o caminho que lhe tinham deixado. Estranhou a presença dos meninos no quarto, àquela hora, pois o ruído azul da televisão continuava na sala. Os dois estavam acordados de tanto aborrecimento. Ao perguntar o que era aquilo, aquele ar tristonho, o mais velho se queixou da tia, que no almoço tinha xingado os dois de esganados, porque não deixavam nada para os outros comerem. E ainda disse que eram dois sanguessugas devoradores da comida dos outros.

Os três choraram abraçados até o mais novo dormir. Letícia então recomendou que nunca mais saíssem do quarto. Só até o banheiro, nem um passo a mais. O filho, que estava com a garganta cheia de revolta, compreendeu a mãe e prometeu cumprir seu regulamento. Mas então, enxugando os olhos com as costas de uma das mãos, quis saber por que apareciam tantos ossos no rosto da mãe. Sem ter resposta satisfatória, a mãe o repreendeu e mandou que fosse dormir.

A cada dia, Letícia suicidava-se um pouco nas ruas, procurando trabalho. Márcia já parecia ter desistido de assistir à saída ou chegada da irmã de seu marido. Concentrava-se de ouvidos a postos, no que presumia serem os horários da cunhada, mas ela entrava e saía como se já se tivesse desfeito de toda matéria visível e que costuma provocar ruídos.

Em obediência à recomendação da mãe, os meninos não saíam mais do quarto. Não é que Márcia não estranhasse aquela ausência, mas não vê-los mais a sua frente era um conforto que ela não ousava atrapalhar.

Quando, tarde da noite, Letícia entrou flutuando no quarto, como vinha fazendo há alguns dias, o menino mais velho não se conteve: Mãe, ele disse, a senhora não tem mais cor na pele. O sorriso de cera com que ela respondeu, parecia de uma santa empalidecida, um registro velho colado na parede. É que nem todos os dias ela conseguia trabalho e, à noite, quando chegava, oferecia os seios flácidos para que os dois se alimentassem. Mas os seios também, mal alimentados, aos poucos murchavam. Algumas vezes teve de suportar muda o choro do menino mais novo, que se queixava de fome.

Letícia foi-se tornando transparente. Já se viam suas veias azuis, algumas vísceras e até as duas clavículas fechando o peito cheio de costelas podiam ser vistas. Os dois irmãos, que não saíam mais do quarto, a não ser para o banheiro, seguiam o modelo da mãe. Passavam o dia quietos na cama e já estavam quase invisíveis de tanto dormir.

Fazia uns dois meses que Letícia só entrava e saía daquela casa escondida pela escuridão da noite, quando os irmãos, uma manhã, estranharam sua voz, mesmo depois de terem escovado os dentes. De seu corpo nem se lembravam mais, contudo sabiam que ela estava na cama porque ela falou com eles. E sua voz era trêmula e tão fraca que os dois começaram a ficar assustados. Letícia então os chamou para mais perto e cochichou-lhes aos ouvidos que não, não se assustassem. Ela tinha ficado em casa para preparar a retirada dos três. A vida aqui, ela disse já em seu último fio de voz, a vida aqui nesta casa não é mais possível. Nós vamos embora ainda hoje.

Naquela mesma tarde, quando a dona da casa estranhou o silêncio e empurrou a porta bruta do quarto, espantou-se com a colcha lisa, o travesseiro frio e o colchão dos meninos escondido debaixo da cama. O único vestígio deles que descobriu foram os três retratos na parede.

Dois plátanos

Toca esperar. Ainda bem que alguma sombra, meus olhos cansados de sol. Lá no alto algum remendo na pista, e os carros vêm passando. Em lenta fila eles passam. Um caminhão, cinco automóveis, um intervalo, mas já vem aparecendo outro caminhão. E muitos carros atrás. Até cheiro de piche. Ainda bem que umas poucas horas nos separam. Nestes três dias de viagem tive tempo de ensaiar várias vezes como será nosso reencontro. Mas principalmente busquei na imaginação o semblante ao mesmo tempo surpreso e incrédulo dos dois ao abrirem a porta. A expressão de alegria? Ali, de pé no patamar, na frente da porta, parado, o susto. Meu pai, disfarçando a emoção, como sempre, isto é hora de chegar em casa, garoto!

Esta estrada, quando a usei pela última vez, era de terra. Com chuva, nem caminhão passava. Beleza de asfalto. Fui atrás do progresso e o progresso chegou sem mim aqui. O mato das margens sumido. Agora plantação, tudo cultivado, então a pobreza ficou no passado?

Que eu vou ali, ganho algum e já volto. Nas minhas costas eu podia adivinhar as lágrimas deles, ou não, mas também a esperança de que eu cumprisse minha promessa.

Eu só ia buscar o futuro, onde ele estivesse. Quando passei pelos plátanos, em volta dos quais me criei ensaiando a vida, tive a tentação de parar, mas apenas virei a cabeça e recebi como uma bênção os acenos que me fizeram, suas despedidas.

Não que não ajudassem, estes braços. Nós sabíamos. Mas havia oportunidade de melhor emprego para eles. E o contrato de um diarista por qualquer bagatela quando o progresso era apenas uma palavra que as pessoas disponíveis pronunciavam com a boca cheia de esperança.

Cansado de esperar, então parti.

Chegou o bastão, por isso todos começaram a acelerar, os motores roncando. Não fosse esse calor, um sol desvairado, não teria tanta pressa de chegar. Umas três horas. Quando passei por esta estrada na ida, era de terra, alguns trechos de areia grossa, uns córregos cortando o caminho. Nossa fila em movimento. Com este asfalto, talvez até menos do que três horas.

Sozinho eu sei que não, ele não daria conta, mas sempre algum diarista. Meu destino não podia ter sido amarrado àquela terra pobre, naqueles morros pedregosos. Roçadinho de milho, uma coivara de feijão, flor de piretro nas tiras de terra entre as pedras, uns pés de mamonas e, lá embaixo, perto do córrego, aquela faixa estreita de arroz. Que mais? Ah, os bichos miúdos no terreiro, vivendo uma vida como permitia a natureza. E uns escassos animais de melhor estatura.

Aí vem a caçamba deles empurrando a gente para o acostamento. Ainda não se vê o bloqueio lá do alto.

Ou vão logo vir com acusações, este tempo todo.

Bem, se eles estão pensando que desde o início foi tudo muito fácil pra mim, eles estão é muito enganados. Lavoura dos dois lados. E era tudo mato sem serventia, um carrascal que até cobra evitava. E assim na beira da estrada, mas também na subida dos morros. Tudo cultivado. Os anos passaram por aqui. Nem imaginam, eles. As durezas por que passei nos primeiros tempos. Os arrependimentos que tive de engolir a seco. Na descida longa em boa velocidade, o ar-condicionado me refresca as mãos e o rosto. Cá no sopé, a placa. Entramos em novo município. Não, o último não, mais umas três horas, acho que devo ainda atravessar, já não me lembro mais, dois ou três até chegar em casa. Não é um retorno definitivo. Vão ficar decepcionados, mas não posso passar de um mês, as obrigações à minha espera. A gente vai assumindo, sem perceber vai acumulando, bem, mas é pista simples, e quando vê, vive em função do trabalho. Mas se não fosse assim? Cara doido, ultrapassou o caminhão na faixa contínua, é pista simples e tenho de diminuir a marcha, como eles?, uns sacos de mamona e outros de piretro, umas notinhas embrulhadas num lenço e um par de sapatos no fim do ano. Tudo asfaltado, pois não é que o progresso?!

As portas que eu tive de arrombar, então, nisso ninguém pensa? Os anos. Não podia contar como vivia, seria pura tristeza. Apesar de tudo. Sim, porque com um diarista, e a mamãe ajudando um pouco mais, até melhor do que eu, iam vivendo. Mas quando parti, isso sim, jurei que só voltava em visita de resgate. O arrimo da velhice.

Agora sim, agora posso acelerar.

Lutei sozinho e me fiz. Hoje volto feito. Quem sabe comigo. Vendemos tudo, que não é grande coisa. Acho que vou propor como solução. Comigo. Vão viver muito melhor. Quantos quilômetros? Não vi. Umas duas horas, duas e pouco. Vou chegar ainda dia, nem almoço, porque quero chegar ainda dia claro. Será que vão me reconhecer? No patamar, parado, na frente da porta aberta. Isso é hora de chegar em casa, menino? Ele. Talvez não me reconheçam. Um bigode cheio e alguns cabelos brancos, pelo menos no primeiro instante podem não me reconhecer, e isso porque não me esperam e acho até que nem acreditam neste retorno. Por pouco tempo, claro, mas é um retorno. Pra trás ficaram mil obrigações à minha espera. Outra placa, mais um município. Não me lembro muito bem: uns dois, não mais que isso.

Na verdade, nem mesmo eu me lembro da minha voz antiga, que era minha voz ainda nova. Se até a fisionomia dos dois, com o tempo, foi-se desmanchando, amarelando, até virar duas manchas ocupando minha memória. Se já quase não me lembro de como eram, vai ser difícil imaginar como são hoje. Mas a casa, sim, e os dois plátanos plantados na frente, dois guardas atentos. Olhei pra trás e me acenaram uma despedida. Trabalhar mais, não, vou proibir. Olhe aqui, meu pai, o senhor já trabalhou na vida até demais, agora chega.

A placa do município onde nasci. Tenho de segurar o coração pelos pulsos senão ele dispara. Aqui devo reconhecer até as árvores da beira da estrada. Meu município. E o

Sol ainda está alto. Fui eu mesmo quem sugeri: um diarista. Tanta gente se oferecendo. Então não se pode dizer que foi um abandono. O asfalto vai na direção da cidade. Eu fico antes, mas não consigo me lembrar. As árvores que eu conhecia, que muitas vezes cumprimentei, elas sumiram? Ah, sim, dois quilômetros depois da ponte.

Agora entro à esquerda porque só pode ser esta estradinha de terra. Vai para onde?, eu perguntava quando era criança. Vai parar onde? E minha mãe dizia, Estrada não tem fim. Aquele umbuzeiro velho, ainda de pé. Mas e a porteira?

O caminho que leva até a casa tomado pelo mato. Um frio na espinha. E lá na frente, agora sim, já dá pra ver, os dois plátanos com suas folhas pálidas e espalmadas. Depois deles a casa, depois de dois guardas decrépitos.

Desço do carro sem conseguir respirar: uma pressão. A porta da frente caída, a escada desfeita e telhas quebradas. Aonde foi que cheguei, meu Deus! Onde as galinhas e porcos, onde a horta da minha mãe, o bigode do meu pai?

As janelas todas abertas, o mato cobrindo as passagens. Mas o que foi isso? Este ar escuro aqui dentro com cheiro de mofo.

O convite

Ao aceitar o convite, Carolina teve um estremecimento de alegria. Há muito tempo nutria aquela vontade na ponta dos olhos, por onde entravam as cenas de uma festa, e mesmo o som das músicas, mas principalmente das palavras felizes e dos risos. Era assim o salão que afagava com seu pensamento: ambiente de muita alegria. De uma coisa Carolina tinha consciência de que necessitava – de alegria.

Dos seus vinte e cinco anos, os últimos seis foram dedicados ao sustento de seus três irmãos pequenos e órfãos. Doze horas por dia costurava para um dos poucos alfaiates da cidade. Ternos que não via vestindo alguém, ternos vazios até a hora de desfilarem em alguma festa.

O dia marcado se aproximava e Carolina não erguia mais a cabeça. Tão desacostumada de si ela passava seu tempo que distraída só pensou nos irmãos, como é que eles ficariam sozinhos em casa. Pensou em declinar do convite, choramingando sobre uma lapela, chegou a comentar o fato com os irmãos, à mesa na hora do café, passou um dia inteiro entre suspiros e soluços de desistência, até que o irmão mais velho, quando voltou da faculdade, a repreendeu com voz autoritária que, ninguém aqui nesta casa está em melhores condições do que eu para tomar conta das crianças. E essa revelação fez de Carolina uma pessoa feliz, tão feliz que pulou no pescoço do irmão e o beijou com verdadeiro furor.

Nove horas da noite foi o horário combinado com Luana, a prima da noiva, sua amiga dos tempos em que vizinharam. E Carolina trabalhou até as oito, não tanto por necessidade como principalmente por manter-se ocupada, ela e sua mente, que parecia não parar mais de criar para si aquela festa. Havia duas calças e um paletó que poderiam ser entregues três dias depois, porque, para o controle da ansiedade, Carolina tinha trabalhado bem mais que o costume, pois não se perdoaria um atraso nas entregas por causa de uma festa. O que o pai deixara de herança era aquela profissão e era capaz de dormir sobre aqueles panos antes de se ver arruinada e sem os meios de manter-se com os irmãos.

Muitas outras vezes Luana a tinha convidado para saírem juntas – alguma distração. Mas poderia largar o ganha-pão em benefício próprio? Ocupara o lugar da mãe, doente, como ajudante do pai desde os quinze anos. A melhor parte de sua adolescência comprometida com o sustento da família. Por fim, o pai também. E agora trabalhava sozinha. Por isso, sentia-se muito orgulhosa de dar conta do serviço. Sozinha. As crianças, bem, na limpeza da casa, alguma coisa na cozinha, como a louça, o café e outras simplicidades; e nos quartos a arrumação das camas e das gavetas. A do meio, já passava a roupa. Muito mal, mas não precisavam de nada melhor do que ela conseguia.

Carolina sentia-se muito bem com a família que tinha. Mesmo assim tinha um olhar que, reparando-se bem, era um olhar meio úmido, quase lacrimejante.

Às oito horas da noite resolveu interromper o serviço. Tinha ainda uma hora, mas não estava certa de como apareceria, e isso poderia demandar mais tempo do que imaginava.

Aguilhoada pela buzina, a costureira pulou da banqueta arriscando bater a cabeça no espelho. Havia tirado e posto os óculos uma infinidade de vezes, com mudanças correspondentes do cabelo, puxado para a esquerda, para a direita, com coque ou trança, solto, apenas, descendo pelas espáduas. O vestido não causou problema, pois tinha um único novo, talvez em condições de aparecer. Seu único vestido longo, usado na formatura do irmão quando terminou o Ensino Médio. No que ainda se atrapalhou um pouco foi na escolha do broche. Um era escandalosamente grande. E feio. Voltou para o estojo. Outro, um pouco menor, tinha a forma de uma bailarina, cuja cabeça era uma safira, broche que em ocasiões de apertos financeiros era sempre lembrado, mas nunca deixado no prego. Um, muito menor, era da cor do vestido e, por diminuto, desapareceria. A escolha acabou recaindo sobre a bailarina. Mas onde deveria ser colocado?, fechando o pescoço?, na gola à direita?, talvez na esquerda. Finalmente se decidiu por esta última alternativa.

Já estava na porta, correndo, quando se lembrou da bolsa. Voltou ao quarto dando encontrões nos irmãos, que aplaudiram a tutora augurando-lhe uma noite muito feliz.

E foi assim que as duas amigas entraram no salão. Carolina ainda puxava o vestido para que a barra não tivesse pontas, empurrava para trás o cabelo, que o vento espalhara sobre seu rosto, o cabelo solto, escorrido sobre as espáduas, ajeitava os óculos, e perguntava a Luana se sua maquiagem não estava borrada. E dizendo isso, alisava o rosto com pontas de dedos.

As mesas estavam tomadas e, para o jantar, as duas amigas tiveram de separar-se ocupando vagas em mesas não muito distantes. Luana, por ser prima, foi muito cumprimentada, abraçada, elogiada, situação que aos olhos de Carolina pareceu normal. Enfim, era do meio, daquele ambiente por causa de seu parentesco.

As sete pessoas a que foi fazer companhia Carolina, cumprimentaram-na com a distância máxima conseguida. Um casal bem jovem, sentado em sua frente, comentou qualquer coisa em voz para ninguém mais ouvir. E olhavam fixamente para a recém-chegada. Voltaram a cochichar, boca perto de ouvido, e sorriram. Meu vestido, meu Deus, é dele que estão falando? Disfarçadamente examinou a bolsa, depois, baixando um pouco a cabeça, enfiou os olhos pelo decote, se decente, o broche com a cabeça de safira, enfim, tudo opaco se comparada com o brilho das outras mulheres.

Foi servida e provou o prato com a ponta dos dentes.

O casal de jovens que cochichava, felizmente, levantou--se e foi dançar. Carolina limpou o suor da testa, aliviada, com o lencinho de seda que trazia na bolsa. As outras cinco pessoas que restaram à mesa, ela percebeu, eram todos conhecidos entre si. Conversavam como se Carolina fosse apenas uma estátua, um objeto de adorno, colocado ali para o deleite dos demais. Uma das mulheres, entretanto, não deixava de observá-la até o ponto em que Carolina pediu licença, muito educada, levantou-se e foi passear pelo salão. Luana havia desaparecido.

Ao sentir-se desprezada pelo olhar de dois rapazes que passavam por ela, Carolina descobriu nos dois ternos seu acabamento. Para seus olhos acostumados, foi fácil perceber que eles exibiam com elegância, o que a ela tinha custado horas de serviço e algum suor. Seria ciúme, então, o que sentia? Um pedaço de sua vida fazia figura no corpo dos rapazes. Às costas dos dois, ainda ouviu que um deles comentou: De onde desencavaram esta múmia?

Aflita, odiando o ambiente, saiu em busca desesperada de sua amiga. Luana dançava e percebeu as rajadas de olhares de Carolina em todas as direções. Pediu licença a seu par e foi em socorro da companheira.

Impossível, retrucou Luana. Eles jamais diriam uma coisa dessas. E insistiu para que a amiga ficasse mais tempo na festa. Inutilmente. Carolina já se tinha desmanchado.

Um passageiro estranho

Na madrugada fria de Curitiba embarquei no ônibus que vinha de Porto Alegre com destino a São Paulo. Encaixei meu corpo na poltrona, a cortina fechada, e comecei a contar ovelhinhas. Não sei quantas contei porque muitas delas refugavam a cerca que deveriam ultrapassar com seu pulo, enquanto outras misturavam-se com os assuntos que naquele dia tinham ocupado meu tempo e minha mente. Eu estava praticamente derrotado porque meu cliente, relapso, não tivera o cuidado de apresentar provas e testemunhas convincentes. Mas cabe recurso, adormeci pensando, e com uma fila de ovelhas no interior de meus olhos.

Em Pinheirinho o ônibus fez uma parada rápida em um posto de combustível e abri os olhos porque alguém ia ocupar o lugar a meu lado. Era um homem alto, envolto em uma capa preta e um chapéu enfiado na cabeça fazendo sombra em seu rosto. Ele me cumprimentou, Boa noite, doutor. Sei ter contrariado alguns interesses, e um encontro assim, tão insólito, me afugentou o sono. Respondi com voz carregada de pigarro, uma voz querendo esconder-se, por isso considerei sorte minha o interior do ônibus estar inteiramente anoitecido.

Depois de sentado, meu companheiro de poltrona me pareceu ignorar meus olhos fechados e, falando em voz que só nós dois ouvíssemos, provocou-me uma dor que desceu do pescoço à região sacra da coluna.

– Eu sei que o senhor não me conhece, mas eu sei quem é o senhor.

E calado esperou que eu continuasse o assunto, o que me recusei a fazer. O senhor não é daqui, não é mesmo? Uma afirmação confirmando informações sobre mim? Em seguida, contudo, percebi sua intenção: afirmou que morava na cidade.

– O senhor está voltando para São Paulo?

Não era mais por causa do sono interrompido minha irritação, mas por me ver de repente à mercê de um desconhecido de quem nem a fisionomia podia ver. Ele, no entanto, queria apenas falar. Era sua necessidade.

– Eu estou indo para o nunca mais.

Não resisti ao absurdo da frase e, finalmente, abri a boca.

– Como assim?

Foi a deixa para que meu companheiro começasse a contar sua história. A minha pergunta confirmava meus ouvidos à disposição de sua angústia.

Os desentendimentos dos últimos anos. Coisa normal, qualquer casal tem. Mas então os filhos, os dois, do lado da mãe na presunção de que teriam uma participação maior nas fatias do bolo. Que o pai morresse? Não, pelo menos explicitamente. Às vezes alguma sugestão, se o senhor morresse, ou, quando o senhor morrer, como é que está sua saúde?, tudo isso me presumindo o primeiro da fila. Talvez com alguma pressa, porque os filhos jamais tiveram a preocupação de construir alguma coisa, jogando na lata de lixo tudo que ganham. Claro, na esperança de que uma partilha garantiria seu futuro.

As últimas casas ficaram no escuro da madrugada, encolhidas de frio, e a estrada era então ladeada por bosques e plantações. Meu desejo de dormir entrava em conflito com a vontade de falar do meu vizinho.

Em conluio familiar, conseguiram acusar o pai de adultério, de sonegação de impostos, de falsidade ideológica por causa de uns documentos de pouco valor, de ateísmo militante, de muitas outras coisas foi acusado. A mãe, que jamais contrariava os filhos, concordava com todas as acusações e algumas ela mesma inventava.

O inferno desceu sobre o palacete da Água Verde.

Os quartos já eram separados, mas os horários também se modificaram para que não houvesse mais encontros. A filha com o marido resolveram ocupar uma das alas do andar superior alegando sua ociosidade. Eram dois espiões a vigiar seus passos, os passos do pai.

O ruído monótono do motor, a escuridão dentro do ônibus e aquela voz pouco mais que um cochicho, tudo contribuía para que o sono aumentasse. Penso ter perdido algumas passagens do drama daquele estranho passageiro. Durante muito tempo ele fez silêncio e me deu a impressão de ter cabeceado algumas vezes.

– Sabe de onde conheço o senhor?

O inopino de sua pergunta me fez voltar à poltrona e à estrada. Pensei em dizer alguma coisa como resposta, mas ele não me deu tempo.

– Hoje foi meu divórcio e encontrei o senhor várias vezes no fórum. E a gente reconhece um advogado naquele ambiente com a maior facilidade. O meu também estava de terno e gravata. O infeliz.

Acho que dormimos os dois por algumas horas, pois tive a impressão de que descíamos a Serra do Azeite.

– Eles cooptaram meu advogado, não sei com que promessas. E me deixaram sem nada. Estou viajando com tudo que tenho.

O dia já estava claro e entre um cochilo e outro, fiquei espiando a paisagem que corria para trás. Morros, campos, cavalos, mourões, árvores. Tudo em movimento fugindo em sentido contrário ao nosso.

O ônibus acabou parando em um posto de combustível para nosso café. Já não estava tão frio como no início da viagem e resolvi espichar as pernas, me aliviar no mictório, tomar uma xícara de café e comer alguma coisa. Meu companheiro não se mexia e tive alguma dificuldade para descer. Vinte minutos, gritou o motorista ao abrir a porta que nos separava da cabine.

O que se pode fazer em vinte minutos?, pensei e comecei a contabilizar o tempo para cada atividade. Concluí que poderia pelo menos desencarangar as pernas. Algumas pessoas preferiram continuar dormindo, sem vontade de despertar.

Andei, me aliviei, tomei meu café e comi um pãozinho de queijo, andei um pouco mais. Quando o motorista apareceu à porta do restaurante, achei que estava na hora de embarcar novamente.

Então a surpresa. Meu vizinho havia inclinado o corpo até prensar a cabeça contra o banco da frente. Assim não seria possível chegar a meu lugar.

– Senhor.

Repeti o chamado por diversas vezes sem qualquer resposta. Sacudi seu ombro mais acessível. Seu corpo estava completamente rígido.

A última viagem

Por obsolescência, dizia o jornalista lá pela metade da matéria, será uma despedida reverente, esta última viagem, pelos cinquenta anos de serviços da locomotiva 524, que em sua vida levara pessoas da cidade para outras cidades, pessoas que atravessaram oceanos, cortaram os céus, circundaram o mundo.

E a locomotiva 524 passou a semana toda estacionada um pouco afastada da estação para que a cidade inteira a pudesse ver. Estava de tinta nova, de engrenagens engraxadas, de nós de pinho em seu depósito. Nos últimos dias de exposição, engataram-lhe dois vagões também engalanados, justamente os dois que estavam em tempo de serem aposentados, mas que apareciam agora sem um risco, mancha qualquer, como se tivessem acabado de sair do estaleiro.

Houve fila para entrar e observar de perto a locomotiva e seus dois vagões.

Quando passou a lista de adesão para esta última viagem, a viagem de despedida, Tancredo foi o primeiro a assinar. Estava com seu lugar garantido. O único inconveniente, segundo ele, é que não haveria um vagão restaurante. Com cerca de quinze anos de idade estivera na viagem inaugural da 524, e lembrava-se muito bem de ter sido naquele vagão sua estreia como consumidor de cerveja. As lembranças da mocidade quase sempre são doces, mesmo quando amargas.

No dia aprazado, um domingo às nove da manhã, o sol veio também prestar suas homenagens à locomotiva. Estava sorridente, mas não agressivo. Jornalistas do país inteiro, de microfone em punho, alguns, outros de caderninho e caneta, todos eles tendo de acotovelar-se com o público da cidade que viera assistir ao embarque dos viajantes e à partida das três peças em vias de se aposentarem.

O último apito da maria-fumaça cobriu toda a cidade e foi fazer eco nas montanhas da serra, o horizonte.

As bandeirolas coloridas que o prefeito tinha mandado pendurar nas paredes externas, acenaram com certo frenesi, que a multidão não entendeu como sendo apenas o efeito de uma lufada de vento que passou estimulada pelo apito. Cinquenta anos transportando pessoas para os confins do mundo, trazendo mercadorias dos quatro pontos cardeais. E parecia tudo muito novo, como numa viagem inaugural.

Há ainda quinze poltronas vagas, gritou o alto-falante. Quem quiser, pode embarcar.

Houve um pequeno tumulto na plataforma, onde o povo se aglomerava, pois o número de candidatos era três vezes maior do que as vagas existentes. Por fim, a Câmara de Vereadores, em sessão de extrema urgência, deliberou que a escolha seria por idade, dando-se preferência, como sempre, aos mais velhos. E assim foi feito, completando-se a lotação.

O último apito da última viagem tinha já troado por cima da cidade. Em seguida, ouviu-se o chiar do vapor passando por algum lugar muito apertado. E as rodas moveram-se. Lentamente, mas moveram-se. Motivo suficiente para que chapéus fossem jogados para o alto, para que mulheres gritassem como histéricas, para que os meninos se atropelassem tropeçando nos trilhos e caindo, os joelhos em carne viva.

Pelas janelas dos vagões, os passageiros abanavam despedidas quase desesperadas.

Por fim, a 524 foi ganhando velocidade, seu barulho foi amaciando e o comboio da última viagem desapareceu na distância. A fumaça, que subia em pulsação viva, foi ainda vista por algum tempo. O prefeito deu algumas entrevistas, depois das quais aconselhou o povo a voltar para suas casas, porque nada mais aconteceria. Uma despedida melancólica, mas inevitável. E foi assim que as casas voltaram a sua vida normal, com os habitantes todos suspirando saudosos.

Sobre o destino da 524, sabe-se que ganhou velocidade até o desvio dos trilhos que haviam sido previamente deslocados, mergulhando a locomotiva e seus dois vagões para o fundo do oceano.

Canoa emborcada

Daqui desta distância posso ver um grupo de crianças brincando, mas estou longe demais para perceber qual é a brincadeira. Elas pulam e o movimento de seus braços parece jogar alguma coisa para o alto. Também não consigo ouvir seus gritos e risadas; posso, contudo, muito bem supô-los.

Com os pés enterrados na areia, não saio do lugar e algumas ondas me atingem as panturrilhas, que se regozijam com o frio da água.

Além das crianças e mais perto dos cômoros um pouco afastados do mar, uma canoa emborcada, uma canoa escura que deve ter sofrido sol e chuva de muitas estações. Daqui a impressão que me dá é a de uma carcaça de baleia, mas de uma baleia já muito morta que mantém a pele seca recobrindo seu arcabouço. A distância dá ao barco um aspecto de brinquedo infantil.

Com seus farrapos, uma nuvem pequena ainda vela o sol, sua principal força, por alguns instantes, e permite que uma brisa fresca e fraca passe a caminho da terra, alvorotando meus cabelos. Preciso sair daqui. Aquelas crianças podem estar em perigo. Elas provavelmente desconhecem as ciladas que se escondem por trás da aparência inofensiva das ondas ao trazerem sua espuma para depositar na areia.

Meus pés afundam. Seria necessário arrancar meus pés da areia e me dirigir aonde estão as crianças para afastar qualquer perigo. Há algo em um movimento estranho sem que consiga identificar. Não sei se é perigoso. Nunca tive vocação para os atos heroicos, no entanto sempre soube que, no caso de me deparar com alguma situação extrema, uma tragédia iminente, eu saberia como agir. Nunca fui dos primeiros em nada tampouco dos últimos. Não fiz parte da comissão de organização da formatura, não fui o orador da turma, mesmo assim sempre tive o respeito dos colegas, pois eles também deveriam estar convencidos de que eu, em caso de necessidade, saberia como me comportar.

O sol volta a brilhar, abandonado pelos farrapos em que a pequena nuvem se transformou, e com a nova claridade, olhando com atenção, parece-me ver entre as crianças um cão saltando, com o qual elas brincam. Suponho que seja uma bola jogada para o alto e que ele pule tentando apanhá-la no ar. Mas ele é baio, possivelmente, e se dissolve no amarelo da areia. Não posso ter certeza.

A maré me deixa um tanto apreensivo: as ondas, algumas, já cobrem a parte mais bojuda da panturrilha. Mesmo assim, continuo no mesmo lugar. Naquela época, não me desagradaria ser o orador da turma. Tinha um discurso pronto, muito melhor do que o outro, o proferido. Acontece que na hora de me candidatar, fiquei indeciso, sem saber se valeria a pena, porque o texto eu vinha produzindo fazia uns quatro meses, tocando, retocando, mudando aqui uma palavra, ali invertendo a ordem de uma frase. Até me parecer perfeito. O esforço de encarar colegas, suas famílias, os amigos e uns tantos curiosos, esse esforço previsto foi que me deixou imobilizado.

Desde os tempos de colégio, acredito que desde sempre esta indecisão. No último ano do curso, o professor de geografia me chamou no fim da aula, me levou para um lugar isolado do corredor e me disse, Meu filho, você nunca se decide! A resposta teria de ser a opção por um ou outro caminho. Você ficou parado na encruzilhada. Não pode, isso não pode, a vida exige tomada de posições. E ainda fez uma brincadeira: você deveria ser exitante em lugar de hesitante. E me explicou seu neologismo.

Outra nuvem apareceu flutuando para empanar o sol. Essa mais densa e muito mais extensa. Agora o grupo de crianças quase desaparece. Mesmo assim tenho a impressão de que não estão no mesmo lugar.

Muitas vezes na vida me lembrei dos conselhos daquele professor de geografia. E isso não significa que o tenha levado a sério mais do que o necessário. Enfim, não se tratava de um psicólogo, de um assistente social, qualquer um desses profissionais que têm a obrigação de saber mais da vida do que nós, os simples mortais. Mas tentei aceitar sua sugestão, muitas vezes, fechando os olhos e me jogando de cabeça na primeira ideia que me ocorresse. Em algumas ocasiões obtive sucesso, ou seja, fui exitante, em outras, quebrei a cara. Conclusão, a verdade absoluta não existe. E isso me bota algum medo, e o medo é que me faz vacilar entre duas alternativas.

O mundo volta a cobrir-se de claridade. O grupo não parece mais compacto como era. Dois meninos devem estar jogando frescobol, pelo modo como correm; uns três ficaram muito pequenos e imagino que estejam construindo algum castelo de areia ou alguma coisa do gênero; o suposto cão que saltava para pegar uma bola no ar desapareceu. A água me cobriu os joelhos. Não vejo outras crianças. Isso me paralisa, pois minha obrigação, como adulto, seria protegê-las, contudo não consigo mais arrancar os pés da areia onde estão enterrados.

Esta dificuldade em me decidir foi também a causa de meu celibato. Numa época não me decidi entre duas candidatas. As duas tinham virtudes e defeitos. De uma forma tão equilibrada, entretanto, que não via vantagem em escolher nenhuma das duas. E elas resolveram suas vidas casando com sujeitos que eu nunca tinha visto. Quando arranjei uma namorada, e era só ela que eu namorava, me consumi no medo de que fosse me trair. Como saber se era honesta? Escolhi continuar solteiro.

As crianças agora brincam na canoa emborcada, pois a água ocupou toda a faixa de areia onde elas jogavam seus jogos, e as ondas maiores vêm brincar no meu peito.

Amigos para sempre

Desliguei o telefone, e os olhos da Cecília descolaram-se da revista para virem até mim a jeito de interrogação. O Marco Aurélio, eu disse, que hoje por volta das oito da noite vem aqui em casa. Minha mulher estrepitou uma gargalhada iluminada por olhos luminescentes. Mas ele já disse o que vai pedir?, ela quis saber. Não, eu não sabia. Então ela continuou, Saber, não sabemos, mas que vai pedir é certo. E rimos os dois, pois era história antiga com que nos divertíamos frequentemente.

A história começa no dia em que nos conhecemos. Ele sentou numa carteira atrás da minha e nunca mais me largou. Em aula de desenho, me pedia material emprestado, apesar da fama de sua família, terratenente de muito prestígio e muitas léguas de campo. Compasso, transferidor e até uma simples régua de trinta centímetros, dessas de plástico transparente, muitas vezes tive de emprestar. Ah, sim, além das instruções. Sem que eu lhe dissesse o ângulo exato, a extensão da semirreta, o tipo de arco, o tamanho do raio, e além disso, por onde começar ou terminar, sem minha ajuda material e intelectual, o Marco Aurélio empacava, coçava a cabeça desesperado.

Vencemos dois anos, trocamos de sala uma vez, mais uma, e, na carteira atrás da minha, lá estava o infalível pedinchão. Meus pais e meus irmãos, talvez apenas por respeito à terratenência da família do Marco Aurélio, amarelavam sorrisos quando eu relatava as mesmas situações em que era vítima daqueles pedidos.

Completamos o Ensino Médio e fui para a faculdade. O Marco Aurélio, que não tinha muito amor pelo estudo, foi ajudar o pai na administração de sua rede de lojas, aqui e em cidades vizinhas. Pensei que nunca mais nos encontraríamos, e isso não me aborreceu demasiadamente. Não sei quantos anos estivemos livres um do outro. Até que um dia o Marco Aurélio, por telefone, pediu permissão para me fazer uma visita. Ora, ora, o Marco Aurélio! Enfim, continuava vivo e, além disso, lembrava-se de mim. Estava com vontade de me ver. Claro que transcorrido tanto tempo desde nosso último encontro não me ocorreu que um dia ele representou um peso nas minhas costas.

Ele veio na hora combinada e me trouxe uma garrafa de vinho. Chileno. Bem, pelo menos era estrangeiro, que não sendo superior aos nossos vinhos, produzidos em nosso país, pelo menos dava mais *status*, algo de que eu precisava muito mais do que ele.

Uma chatice esse tipo de reencontro, pois, não se tendo assunto do presente a trocar, tão diferentes os interesses e ocupações, fica-se o tempo todo revolvendo incidentes do passado, alguns interessantes, mas a maioria sem a menor graça.

E foi o que mais ou menos aconteceu: episódios escolares há muito expurgados da minha memória e sem o menor interesse. O Marco, entretanto, relembrava aquelas histórias com o rosto cheio de um brilho ingênuo e pensando, creio eu, que com aquilo me agradava. Fui gentil com ele, como ensinado, servi-lhe uma dose de uísque, apresentei-o à minha esposa, ofereci-lhe a melhor poltrona da sala em que passamos bem hora e meia.

Por fim, chegava a hora de se despedir e o Marco Aurélio se remexeu de modo suspeito. Precisava tirar alguma coisa do bolso, onde enfiava sua mão direita, que, por causa da posição, tinha dificuldade em entrar. Então levantou-se e seu rosto se descontraiu.

– Ah, Rodrigo, eu tinha um favorzinho para te pedir. Sabe, preciso de um requerimento, e essas coisas, com redação de advogado são mais convincentes.

Estendeu-me a folha de papel que finalmente conseguira extrair do bolso.

– Os dados estão todos anotados nesta folha. Amanhã mando minha secretária vir buscar.

Assim, desta maneira em que não me deu oportunidade de recusar. Surpreso, mas nem tanto, peguei a folha e comecei a ler, enquanto ele me estendeu a mão em despedida. Surpreso, ainda, fechei a porta, então todo nosso passado, por um ângulo que em nossa conversa ele não tinha abordado, veio-me à lembrança. O Marco Aurélio, depois de tanto tempo, continuava o mesmo. Um favorzinho.

Pronto. Eu estava novamente com a carteira dele atrás da minha.

Uma petiçãozinha, uma informação sobre andamento de processo, a retirada de um documento do cartório do fórum, os favorezinhos. Não tive mais como esquecer o Marco Aurélio. Ele não me dava chance, nem nunca falou em pagamento. Favor não se paga.

Até que aconteceu. Fiquei sabendo pelos jornais que seu pai tinha falecido, e a questão da herança estava bem complicada. Bem, pensei eu, um processo desses vale a pena, geralmente rende vinte por cento de seu valor ao causídico. E fiquei aguardando, mas o incrível é que por algum tempo o Marco Aurélio não me apareceu mais para pedir um favorzinho.

Às oito horas e dez minutos ouvi o grito da campainha. A Cecília, que estava na cozinha providenciando o jantar, chegou correndo. E rindo.

Eu mesmo fui abrir a porta. O Marco Aurélio cumprimentou-me sorridente e me entregou uma garrafa de vinho, desses por onde, provavelmente, não tenha passado uva alguma, nova ou antiga, de nacionalidade nenhuma. Ele entrou e fez menção de seguir em frente, mas eu tinha tomado o cuidado de deixar a porta da sala fechada.

Ficamos os dois, de pé, parados no vestíbulo. Ele disse que era uma visita rápida, eu concordei.

– É simples, disse finalmente, um funcionário me ameaçou de um processo e eu precisaria saber se já deu entrada em alguma queixa contra mim.

Acendi o lustre do vestíbulo para observar melhor sua fisionomia.

– São dois mil reais, respondi.

Ele abriu exageradamente os olhos, me encarou duro, assustado.

– Como assim?

– Trabalho pela tabela.

Não sei se consegui esconder a vontade de rir e gritar de alegria ao ver sua expressão de susto, seu rosto retorcido.

– Sim, mas se eu soubesse que era para pagar, eu tinha... E calou-se para não dizer a monstruosidade que diria.

Sem nada mais a acrescentar, deu-me a mão em despedida. E ainda olhou para a garrafa de vinho pensando provavelmente no prejuízo que tivera.

No cruzamento

Aquele era o único recanto da cidade que nestes últimos cinquenta anos tinha-se mantido sem mudança. Por ali, desde garoto eu passava todos os dias mais ou menos a mesma hora. Em dias de chuva protegido por uma capa impermeável e um capuz pontudo e alto, em dias de sol muito quente, o paletó pendurado às costas preso por um dedo. No cruzamento de duas ruas tranquilas, de pouco movimento, os vértices que se formavam em esquinas, as quatro, eram ângulos de noventa graus.

Chegando por perto dos meus quinze anos, saía toda manhã com o braço enfiado na alça de um cesto coberto por uma toalha de pratos. Ia visitar as obras da cidade. Do bairro, aqui do nosso bairro, conhecia todas e tinha nelas vários fregueses. Os pastéis que minha mãe fazia, de carne e de palmito, eram muito populares entre os pedreiros.

Um dia, sentado sobre uma pilha de tijolos enquanto os operários faziam sua pausa em volta da minha cesta, o Sol subitamente sumiu atrás de uma nuvem, e o mestre de obras, ainda mastigando o fim de um pastel, me perguntou se eu não tinha ambição. Fiquei surpreso com a pergunta, que me pareceu absurda. A um vendedor de pastéis sentado em uma pilha de tijolos enquanto os pedreiros em círculo fazem seu lanche, não se deve fazer uma pergunta assim, uma pergunta exigindo que se pense na vida, no futuro, nos projetos e objetivos. Você não frequenta escola?, por fim me perguntou.

Na época eu estava perto de terminar o Ensino Fundamental II, que meus pais consideravam o termo de minha vida acadêmica, os dois tinham mal terminado o Fundamental I. Minhas aulas eram à tarde, por isso saía bem cedo para o trabalho.

Se não estudar, disse-me o mestre de obras, não passa disso. E apontou para o bando de pedreiros que se afastavam para seus postos. Uma vida dura, a deles, ainda comentou.

As palavras daquele homem que se vestia de maneira diferente dos trabalhadores, que falava de um modo que não era o deles, que chegava de automóvel e andava de roupa limpa, repercutem até hoje em meus ouvidos.

Mais tarde, em lugar da cesta coberta por uma toalha, continuei passando pelo cruzamento, mas agora com uma pasta de couro.

Todos os dias fazia o mesmo percurso: vinha pela rua São Tomé até a esquina, virava à esquerda pela rua da Aroeira e seguia até a avenida. Lá é que começavam as alterações de itinerário. A três quarteirões do cruzamento da rua da Aroeira com a avenida havia vários prédios em construção. Nos meus tempos de vendedor de pastéis, fazia todo o caminho a pé. Mais tarde, trabalhando para a Primavera Perfumaria Ltda., continuei vindo até a avenida, mas então para pegar um ônibus. E isso antes de comprar meu primeiro carro. Foi o tempo em que visitei todas as farmácias da cidade. Casei, mas não tive filhos. Uma opção de vida que nos causou muito aborrecimento. As pessoas perguntavam, Mas e quando é que vem o herdeiro? Sobretudo os parentes perguntavam. E com insistência. E o neném, já encomendaram o neném? Meus pais recusavam a ideia de envelhecer sem um neto. E as pessoas, próximas e distantes, olhavam-nos com certo rancor porque não tínhamos filhos. O destino de todos os casais é sofrer esse castigo, e não se conformavam com o fato de nos termos esquivado do mesmo. Um dia o Dr. Everaldo, o dono da fábrica de perfumes, deixou recado no departamento de vendas para que eu aparecesse em sua sala. Além de químico, o Dr. Everaldo era um velho de bigodes, com autoridade, portanto, para me dar conselhos.

Logo que sentei, me jogou a pergunta sem introdução. É caso de alguma doença?, ele quis saber. Ante minha negativa, o Dr. Everaldo pegou um lápis com as duas mãos, cada uma segurando uma das pontas. Por algum tempo só olhou para o lápis, como se tentasse descobrir ali algum segredo. Subitamente me encarou, com seu ar paternal, e disse que agíamos muito mal, minha mulher e eu, porque, se todos pensassem como nós, o que seria feito da humanidade? Confessei-lhe minha ignorância no assunto, por isso me explicou que a humanidade poderia desaparecer. E que mal há nisso?, foi o que perguntei depois de refletir por alguns segundos. Que mal há nisso! Ele repetiu, a pele do rosto mudando de cor. Ora, a humanidade, ele tentou continuar, a humanidade, então, deixaria de existir. Com todos os seus problemas, acrescentei. E desconfiei de que ele se preocupava, então, era com o mercado. Para quem venderia seus perfumes com o fim da humanidade? Tive vontade de rir, de comentar sua preocupação, mas me calei muito respeitoso.

Por fim, depois de algumas tentativas de filosofar a respeito do fim da humanidade, e já bem menos afetuoso, me mandou que fosse trabalhar.

Meus cabelos branquearam quando enviuvei e logo depois me aposentei.

Nunca deixei de passar pelo cruzamento diariamente. Depois de aposentado, passo meus dias no parque, cerca de dois quilômetros daqui, e aproveito para fazer logo cedo minha caminhada. Escolho algum banco, nem sempre o mesmo, e sento. Dali acompanho o movimento dos carros, observo as pessoas que passam, ouço os passarinhos nas árvores, que já me conhecem e me saúdam diariamente. De vez em quando um jardineiro ou gari se aproxima, pede espaço no meu banco para sentar e ficamos conversando sobre tudo ou nada sem pressa ou ansiedade.

Nestes anos todos, o cruzamento manteve-se o mesmo que conheci quando criança. Alteração nenhuma. Por fim, já passava por ali sem perceber a paisagem. Os três prédios de esquina, com suas portas e janelas geralmente fechadas, o prédio de três andares na esquina por onde eu passava para dobrar à esquerda, com porta de aço para uma lojinha escura, quase sempre deserta antes do meio-dia, o asfalto com algumas falhas no meio da rua e as calçadas irregulares. O excesso de familiaridade apaga a paisagem. O cérebro deixa de se ocupar dela.

Isso até três semanas atrás.

Na segunda-feira, depois do meu café, fechei a porta de casa, guardei a chave no bolso e já ouvia com a imaginação o cumprimento dos passarinhos e sentia o aroma das flores quando cheguei ao cruzamento.

Na frente da lojinha, a calçada estava interrompida por um buraco de um metro e pouco de profundidade. Dentro dele, trabalhavam dois homens sem camisa, já suados àquela hora da manhã. Os dois cavavam a terra com suas pás e jogavam a terra sobre a estrada, que, de estreita, repartia sua carga com a rua.

Senti como se estivesse sendo invadido em minha casa. Parei na beirada do buraco e os interpelei.

– O que vocês estão fazendo aqui?

Eles não diminuíram o ritmo com que cavavam, não se olharam com vontade de rir, não tiveram reação nenhuma. Continuaram seu trabalho.

Mas aquele era meu cruzamento, desde mais de cinquenta anos era meu cruzamento e os dois com certeza não imaginavam isso.

Segurei o braço do mais próximo obrigando-o a me olhar e repeti a pergunta.

– O que vocês estão fazendo aqui?

Então os dois ficaram parados como se estivessem tentando entender minha pergunta. Neste momento, percebi que cruzaram olhares, mas olhares um tanto broncos, que não chegavam a resposta alguma.

– O Engenheiro mandou –, respondeu finalmente o que estava mais próximo de mim e cujo braço eu havia segurado. E continuaram cavando sem se preocupar com minha presença.

Na volta do parque, como este lado da cidade já estivesse entrando na parte escura do dia, o buraco estava lá, bem mais fundo do que naquela manhã, uma cratera protegida por uma fita amarela e preta para que ninguém, durante a noite, resolvesse dormir lá dentro, que era lá embaixo, porque um sozinho, um ser sem acompanhante, era provável que não tivesse como escalar aquela altura.

Na manhã seguinte, a porta da lojinha continuava fechada, bem beirando o buraco, dentro do qual agora trabalhavam quatro homens sem camisa, esburacando para dentro da rua, porque o primeiro buraco, para quatro, já se mostrava muito estreito. Assim é que uns cinco metros quadrados do asfalto já tinham desaparecido e, enquanto dois deles cavavam e afrouxavam a terra, os outros dois a jogavam sobre a rua, onde já se viam duas montanhas.

Tive de fazer uma volta desviando para a outra calçada, a do lado de lá. Mas voltei até a beira do buraco, parei e gritei, perguntando aos trabalhadores o que estavam procurando no cruzamento, esburacando uma paisagem com mais de cinquenta anos. Eles suspenderam o trabalho por alguns segundos, refletindo, talvez tentando encontrar uma resposta para minha pergunta. Finalmente, um depois do outro, todos ergueram os ombros informando que não sabiam. Um deles me encarou e repetiu que era ordem do Engenheiro.

Agora não se passava um dia sem que a cratera tivesse aumentado seu diâmetro e sua profundidade. E assim foi até a sexta-feira.

Quando a chuva desabou, por volta das três horas da tarde, vesti rapidamente minha capa impermeável, me cobri com o capuz pontudo e vim de volta para casa. Ao passar pelo cruzamento, uns cinco operários estavam cavando valetas para evitar que a enxurrada jogasse água no buraco, ao mesmo tempo em que outros cinco instalavam uma imensa tenda sobre ele. Aquilo, de longe, parecia um circo. O trânsito já havia sido desviado para outras ruas, a lojinha nunca mais abrira sua porta de aço, e os poucos transeuntes que ainda usavam o cruzamento tinham de caminhar com um pé atrás do outro, rente à parede, porque as calçadas haviam sido transformadas em imensos fossos, de onde seria difícil escapar sem ajuda.

Na segunda-feira seguinte, a chuva tinha parado no sábado, há uma semana de agora, me dirigia para o parque sem ainda saber se a capa seria utilizada, um céu cinza nos cobria, quando cheguei ao cruzamento das ruas Aroeira e São Tomé. Seria mentir que me assustei, porque de tudo já vi na minha vida e não me assusto mais, mas fiquei surpreso. A tenda tinha sido desmontada e em volta do buraco uma chusma de trabalhadores se agitava.

Passei pela faixa de dez centímetros entre o buraco e a parede da lojinha, passei raspando o corpo no reboco áspero e já no lado de lá gritei para um grupo de homens que jogavam terra no buracão, – Mas o que é que vocês estão fazendo?

O que aparentava ser o mais velho deles parou e me olhou rindo para responder, – Pois então não está vendo? E continuou jogando terra para o imenso oco na rua.

Hoje é novamente segunda-feira. Estou no cruzamento, finalmente encontro o Engenheiro de prancheta na mão fazendo anotações. A cratera foi fechada durante esta semana, a rua recebeu nova camada de asfalto e a calçada está com lajotas novas.

Vendo que eu olhava para tudo aquilo com certo interesse, o Engenheiro se aproximou para comentar:
– O trabalho está perfeito, não está?

Um caso de paixão

As perguntas assim como o doutor faz são irrelevantes, porque seguem um padrão. Com minhas respostas, o senhor não vai ficar sabendo muito de mim e de minhas razões para o crime que cometi. Melhor ligar um gravador para eu prestar meu depoimento, livre, corrido, de acordo com meu pensamento. Ah, já está ligado? Sei muito bem o que significa amor incestuoso, como sei também que a sociedade o recrimina, a lei o criminaliza e as religiões, todas elas, repudiam-no por ser pecado, apesar de que os filhos de Adão e Eva tiveram de fornicar para o crescimento da humanidade, não é mesmo, doutor? Pois de tudo isso eu sei, mas quem manda em mim é meu corpo, e o que me vem de fora não me abate: minha regência sou eu mesma. Algum problema com o gravador, doutor? Ah, não! Mas o senhor mexeu nele. Só o volume, então?! Bem, se o doutor não se importa, eu gostaria que fechasse aquela cortina ali atrás, porque o sol bate no vidro do armário e o reflexo me atrapalha a visão. Sim, muito obrigada. Então, tive o Ernesto com quinze anos de idade, e meu noivo, na época, devia andar futricando a vida de alguma outra adolescente neste largo mundo que ninguém podia imaginar onde fosse. Não, foi logo que eu falei da minha gravidez. Já no dia seguinte não apareceu. Aliás, nunca mais apareceu. Na saída ele disse, – Vou ali até a esquina comprar cigarro. Eu nem fiquei esperando, pois imaginei que a minha revelação tivesse assustado o infeliz. Logo que me senti capaz, arranjei emprego e fui trabalhar. Eu digitava como gente grande e isso me ajudou a vida toda. De manhã, deixava o Ernesto na creche e à tarde, depois do expediente, ia buscar ele. Assim foi durante alguns anos. Quando chegou a época da escola, uma vizinha ficava com ele à tarde porque tinha um filho da mesma idade e quem cuida de um, cuida de dois, o senhor não concorda? Pois então. Ele crescia bem e ficava cada vez mais bonito. Eu também, com trinta e três anos de idade, todo mundo dizia que parecia ter uns vinte. Malhava na academia três vezes por semana, tinha muita saúde, cuidava muito deste rosto que Deus me deu, que segundo algumas pessoas é um rosto de dar inveja a muita miss que anda por aí. Antes do banho, parava nua na frente do espelho. Ah, doutor, havia um demônio dentro de mim. Minhas mãos me percorriam o corpo, e meus gemidos eram de puro gozo. Todos aqueles anos sem botar homem nenhum na minha cama, odiando a raça deles todos com a imensa mágoa de grávida abandonada. O Ernesto, então com dezoito anos, era um homem feito, com o rosto mais bonito que eu já tinha visto e o corpo bem feito, musculoso, mas tudo muito bem proporcionado. No serviço, ele arranjou uma namorada. Moça linda, doutor, muito linda. E os dois pareciam apaixonados. Pelo menos o Ernesto me dava essa impressão. Uma noite meu filho me chegou lá em casa desesperado, chorando, parecendo que estava pra se desmanchar. Ela está com outro, minha mãe, me abandonou. Ah, doutor, o senhor acha que tais detalhes não interessam? Foi isso que o senhor quis dizer? Ah, não! Pois então, ali mesmo na cozinha, onde a gente estava, botei meu filho no colo, afaguei seus cabelos, pedi que ele parasse de chorar, que o mundo é grande e mulher sobrava por aí, disse essas bobagens com que desejava acalmar e consolar meu menino. Eu abraçava o Ernesto com fúria, querendo puxar pra mim o sofrimento dele. Quis lamber as lágrimas que rolavam no rosto dele e, ao sentir minha boca perto da sua, ele não resistiu e colou seus lábios nos meus, com fúria, e não me largou mais, até que eu senti um vulcão em erupção dentro de mim, um vulcão que desceu da boca e foi parar lá onde o diabo colocou a maçã. Dali saímos já sem roupa, abraçados, e no meu quarto caímos na cama. Eu urrava, doutor, sem me reconhecer, porque aquele homem que tinha saído de dentro de mim me devolvia o gozo de todos os anos em que passei gozando com as próprias mãos. Horas e horas em que cochilávamos para superar o cansaço, e, entre um cochilo e outro, voltávamos ao sexo com uma sede que parecia nunca mais saciar-se. No dia seguinte, nenhum dos dois compareceu ao trabalho, e ao cabo de três dias, com pequenas interrupções para um copo de leite, um pedaço de pão, e algumas vezes para alguma outra necessidade fisiológica, resolvemos descansar. Então foi fácil, no emprego, alegar uma gripe muito violenta, porque nosso aspecto não nos desmentia. No quarto dia, tivemos uma conversa, ali mesmo na cadeira, ao lado da mesa da cozinha, onde tudo havia começado. E juramos, os dois, que até o fim de nossas vidas não teríamos mais ninguém. E isso significava que seríamos fiéis para sempre. Juramos e fomos para a cama, mesmo antes de jantar. Hoje estou com cinquenta e três anos, ele faria trinta e oito no mês que vem. Algum tempo atrás comecei a desconfiar do Ernesto porque ele começou a me procurar cada vez menos. Até que um dia me apareceu lá em casa umazinha dos seus vinte anos, bonita, por sinal, avisando meu filho de que estava grávida de quatro meses e exigindo que ele assumisse a paternidade. Falou até em casamento. O resto da história o senhor já sabe, doutor.

O hortelão

I

Aí vem a moça da creche caminhando por entre os canteiros, a criança pela mão. Ela não sabe de quantas asas se forma um anjo, mas consegue ser mais leve que o ar. A criança, quando se tornou meu neto, jamais imaginaria que viria a ser meu filho, minha última família. O Sol descamba por trás da moça da creche tirando reflexos vivos de seus cabelos angelicais. A criança dá pulos para que suas pernas não sejam molestadas pelas folhas rechonchudas de couve. Elas duas, a moça da creche e a criança, que meu filho e minha nora me deixaram como filho meu, estão vindo na minha direção, vêm descendo pelos caminhos estreitos que dividem os canteiros.

A nuvem alivia meus olhos cansados de sol. É uma nuvem gorda e lenta que me transmite uma sensação de tranquilidade, porque é silenciosa e densa, e não tem pressa de chegar a lugar algum. Ela sabe que sua vida é efêmera, que a qualquer momento, mesmo um momento inesperado, deverá cumprir seu destino inelutável desmanchando-se em chuva sobre as hortas. A criança parece diminuir de tamanho e suas pernas se adelgaçam ao passar pelos canteiros de cenoura, sem necessidade de pulos para se livrar das folhas.

Ele, este meu filho-neto, me chegou desfrutando de boa saúde, uma criança de pele bem grudada no corpo, com bom apetite e sempre disposto a gastar a sobra de suas energias. Seus olhos costumam brilhar, quando acordado, mais que estrelas cadentes, como se tivesse um faro desenvolvido para abarcar o mundo inteiro. Ao pular por cima das folhas de couve, as folhas que invadem nosso caminho, ele erguia a cabeça, o queixo apontando para o céu, leve, leve, porque o esplendor do Sol descambando por trás da moça o mantinha suspenso e parado no ar. Meu filho, agora, minha toda família.

O sangue que circula em suas veias, de tão vermelho parece azul, e é isso que o torna imponderável. Principalmente quando ele abre as asas. Ao abrir o portão, lá em cima, a moça da creche apontou-me com o dedo e disse ao Moa qualquer coisa que não consegui ouvir, tampouco pude ler em seus lábios, o sol esplendendo por trás de sua cabeça. Quando me chegou, logo depois do enterro, era Moacir, mas não gostei do nome, que me dá ideia de sofrimento, então resolvi reduzi-lo para Moa, que não significa nada além de nomear a criança.

Os dois atingem agora a parte do outeiro onde ficam os canteiros de tomate, e o Moa desprende-se da mão que o segurava e põe-se a correr na minha direção. Ele não suporta o cheiro do tomate. E eu sei por quê. Na primeira semana morando comigo, encantado com a cor e a forma do tomate, era julho e os tomateiros estavam carregados de frutos maduros, aproveitou-se de uma distração minha e foi deitar debaixo de um deles. Não sei quanto tempo ali ficou nem quantos tomates comeu, mas estimo que foi longo o tempo e grande a quantidade devorada. Mais tarde, em casa, a criança desaguou quase tudo no vaso sanitário. Ficou pálido, suou muito, tive de fazê-lo sorver umas infusões que preparei. Ele me disse que basta o cheiro do tomate para sentir o estômago se contorcendo horrorizado. O Moa nunca antes estivera em uma horta, correndo livre por entre os canteiros.

Passa miando um bando de anus numa direção que só pode ser o pouso deles, alguma árvore que os acolhe e abriga durante a noite. As aves são previdentes, mas não por inteligência. É seu instinto que as obriga a procurar local seguro enquanto a noite não se fecha sobre elas, enquanto podem guiar-se com recursos próprios. A criança tem suas espertezas, não conseguiria, entretanto, sobreviver sem a mão de um adulto.

Um último punhado de terra foi jogado sobre os caixões, então olhei em volta e não descobri uma só pessoa que pudesse arrimar o menino. Estou velho, estou cansado, pensei, mas a força que me resta devo empregá-la na proteção deste pequeno ser. Não por ser neto meu, mas por sua condição de vida incompleta, um ser vivo em formação. Pequeno e frágil ser. Por isso o fiz meu filho.

A moça da creche atravessa com passo largo o córrego que nos separa e me vem com o sorriso aberto, o sorriso de todas as tardes. Com brilhos irisados debaixo de sol ou líquido e um pouco mais frio em tardes de chuva. Me deixo entrar para o fundo de sua fisionomia, que me parece repousante, mas tenho de voltar porque lá não cabem minhas ferramentas, minhas únicas lembranças de um tempo em que não era sozinho. Ela me cumprimenta com doçura nos olhos cor de mel, dá um beijo na bochecha do Moa e retoma o caminho agora de frente para um sol ainda mais fraco, bem derradeiro.

Minha criança corre atrás de sua amiga, a moça da creche, até metade da ladeira e, na altura dos canteiros de alface, o menino para de costas para mim. Ele deve estar repartido em sua capacidade de afeto. É bem provável que a moça tenha vencido a barreira do afeto profissional, e com sentimento livre, que é o sentimento inútil, sem o imperativo da vida prática, tenha acabado por conquistar uma parte da criança para si. Por isso, eu o vejo subir transformado num pequeno arco-íris, mas navega o espaço em sentido vertical até virar um pequeno ponto amarelo a refletir o sol em seus últimos alentos, então explode como uma bolha incandescente e, ao mesmo tempo em que some no céu, reaparece de costas para mim na altura dos canteiros de alface. Sinto que não me abandonou, pois vira-se para meu lado e posso adivinhar-lhe no rosto o sorriso com que virá acolher-se junto a mim.

A moça da creche, antes de fechar o portão atrás de si, acena para nós com o braço erguido, a mão afagando a testa que nos resta do Sol. Então não há mais como evitar o surdir silencioso da noite. A criança aproveita um raio de sol retardatário e se debruça na mureta do poço, sua boca, e olha para o fundo, onde nada vê, fascinada com seus próprios gritos que do nada sobem, como uma mensagem vinda das sombras.

II

Depois do banho, o cheiro do sabonete ainda na pele, sentamos para o jantar e meu neto me pede que fale com ele. Qualquer coisa, ele responde, os lábios abertos e ouvidos atentos, que não quer esquecer minha voz. Voz de velho. Eu falo sobre o que temos sobre a mesa e ele acompanha as palavras com olhos gulosos de saber os nomes. Há um ovo frito em cada prato, arroz e feijão e um pedaço de frango. São nomes que ele conhece antes de se aborrecer. Por isso, enumero legumes, suas cores e o menino vai repetindo as palavras: cenoura, beterraba, couve-flor. Ele, este menino, gosta mais é de palavras. Preciso insistir muito com ele para que coma alguma coisa. Então invento que ele coma as palavras, e, de cada uma que pronuncio, ele precisa morder aquela que lhe corresponda. Meu neto aceita a brincadeira e começamos um jogo em que dirijo sua refeição.

Mas não podemos ficar mastigando a noite toda, por isso ele me pede que invente outro jogo, e sem muita imaginação para jogos, me ponho a falar. E digo muitas palavras, algumas que me estavam na memória sem que as tivesse jamais entregado ao vento. Minha cozinha é também sala de jantar. A luz fraca, o fogo morto e, à mesa, o rosto ainda brilhando deste filho que me deram, tudo isso parece um filme que ainda não vi. Para minha sorte, sempre cultivei legumes, verduras e palavras, tanto verdes quanto maduras.

Então ponho-me a contar algumas passagens da minha vida. E falo do que me lembro, as lembranças mais antigas, e falo do que invento, porque recuperar o passado é um modo de refazer muita coisa da vida, corrigindo e melhorando o próprio desempenho. E falo e falo, falo pausadamente para o menino que precisa descobrir o mundo, mas que já está à beira do sono. Por vezes meu filho se agita, abre muito os olhos e me faz alguma pergunta. Ele não quer perder a corrente que vou arrastando.

Minhas hortaliças atendem todas por nomes que não inventei, e que fui aprendendo na proporção do meu crescimento. São nomes brilhantes, alguns, como o manjericão, o agrião; algumas têm nomes flácidos, e, neste caso, estão a alface e a salsa. Nomes de peso também aparecem, como a batata e a beterraba. Conheço todas pelo nome e pelo cheiro e é na ciência das verduras e legumes que vou iniciar meu filho. Apesar de só me chamar de avô, ele não tem escolha. Seu pai agora sou eu.

A criança então me pede que fale sobre seu pai, e sinto que minhas mãos começam a me atrapalhar. Então ele acrescenta que é sobre o outro pai que quer ouvir, o que foi embora e fugiu de sua memória. E mesmo nos meus olhos, ele observa com uma ruga séria na testa, mesmo nos meus olhos ele não existe mais.

Também eu, quando consulto a memória de meus olhos, consigo ver apenas a mancha de cores esmaecidas, e o que tenho para descrever é o modo como sorria, os gestos lentos e parcos, sua mania de piscar muito rápido passando a mão pelos cabelos sempre desalinhados. Minhas lembranças de seu pai, explico, são apenas do invisível, são palavras como bondade, paciência, e o carinho com que tratava aquela mocinha com quem casou.

O Moa me ouve com olhar religioso e de viés, porque agora está com a cabeça apoiada no braço esquerdo em horizontal sobre o tampo da mesa. Talvez ele durma embalado por minha voz de velho, um pouco estragada pelos pigarros que não consigo expulsar. A vida toda trabalhando debaixo de um chapéu que me empasta os cabelos de suor e que me expõe vez por outra à luz que, em lugar de iluminar, mais queima que outra coisa. Meu filho pede para que continue a história de meu filho, o pai dele. De pijama curto, como convém nesta época do ano, o menino me encara com a mensagem bem clara de que não deseja ainda ir para a cama. Então me pergunta se no tempo de seu pai existia uma avó e se ela também trabalhava na horta. Confirmo, que sim, ela ajudava na horta quando não estava cuidando da casa. E aponto para a parede da cozinha, bem ao lado do fogão. Vendo ali? Um pano aberto como um crucifixo, exceto os braços, uns bordados no corpo, os pontos que a Marina preferia e suas cores, então em arco, por cima de tudo, bordadas também as palavras "Lar doce lar", que era o nosso nos tempos em que nossa família era maior. O Moa quer explicação do dístico em arco e me atrapalho um pouco, pois me emociona pensar nos tempos em que a Marina cuidava da casa, cortinas nas janelas, tapetes no piso e nas paredes, as refeições em horários convenientes, e ainda me ajudava com meus legumes e minhas verduras. Por causa de estar atrapalhado é que o pigarro é um ponto de exclamação nesta pausa. Por fim, digo que um lar é doce quando se vive contente, sem vontade nenhuma de que haja diferenças.

O Moa insiste com suas perguntas e quer saber se nós somos contentes, assim como vivemos. E acrescenta que gostaria muito de que a moça da creche viesse morar conosco. Ergue um pouco a cabeça e com ar concentrado, os olhos com brilho muito sério, declara que aceitaria casar com ela. E lê, agora com olhos de sono e voz de criança, "Lar doce lar".

III

No sábado de manhã, abrimos todas as janelas na esperança de que o dia nos invada com sua brisa fresca num sábado de manhã, como é uma de nossas necessidades. Primeiro tive de trocar a roupa do Moa, que apareceu no meu quarto com o uniforme da creche. Não, não e não, eu resmunguei entre dois dedos de sono, dedos finos, palavras dedilhadas. Ele procurou demonstrar que se abateu, pois não tira mais do baú de seus projetos o casamento com a moça que o traz pra casa todas as tardes, e cujo suor impregna sua mão pequena.

IV

Sábado já é quase o repouso, a véspera, para os outros, o geral das pessoas, no sábado, minhas hortaliças exigem meus cuidados, vidas que dependem de mim. E ontem, no serviço aliviado, irriguei canteiros, cravei estacas, aprumei umas quantas plantas de pouco equilíbrio. O resto do tempo, estive atendendo donas de casa ou suas empregadas em algumas necessidades. Meu neto observava tudo de longe, cansava da observação, saía às carreiras pelos corredores estreitos entre os canteiros, seus carreiros, e voltava a nos observar. Nas corridas galopadas, soltava guinchos e gritos muito animais, que não sei onde ele pode ter aprendido. E como nos ríamos de suas traquinagens, sentia-se estimulado a continuar, ele fogoso, animal pequeno explodindo energia.

Agora me olha enquanto faço uma barba matutina. E branca. Uma barba domingueira. Os tocos de fios desaparecem na espuma e a criança me pergunta se terá cabelos brancos como os meus quando ficar do meu tamanho. Não consigo falar muito com as bochechas infladas suportando o correr da lâmina. Hum, hum é minha resposta de boca *chiusa*, que faz vibrar em cócegas minhas narinas. Ele insiste na pergunta, pois ainda não sabe a diferença entre hum hum e kum kum, mas tem de esperar até que eu esteja com a face limpa e lisa, quando respondo com palavras para sua satisfação: sim, as pessoas do meu tamanho e com a minha idade costumam ter os cabelos diferentes marcando o tempo que já passaram pela vida. Meu neto se alegra e me pede para usar o aparelho de barba que acabo de lavar debaixo do jorro d'água da torneira.

Quando digo que vai levar ainda bastante tempo até que ele precise passar por este desconforto, ele me olha muito sério e pergunta se antes ele poderá casar com sua Julieta. Sinto vontade de rir, mas ele está muito sério, então me posiciono como avô, um avô/pai, não importa, com o dever de tomá-lo pela mão nas veredas mais difíceis de seu caminho.

Hoje é dia de maior folga, mesmo assim, saímos os dois para a horta na hora em que o sol começa a esquentar, pois precisamos dar de beber a estas plantas. Sendo ainda cedo, recebemos como um presente a brisa que circula por cima dos canteiros antes de se retirar expulsa pelo sol.

E é bem assim: a criança corre no rastro do esguicho d'água até a cerca do vizinho. Ele desconhecia o sentido da vizinhança, pois a divisa é por demais de mais pra lá, além dos últimos canteiros, por isso fica encantado ao ver que uma cabeça embrulhada em panos sacode uma das mãos e joga grãos de milho para as galinhas. Novamente ele ri com muitos dentes, pois o contentamento não pretende boca fechada. Uma gente do outro lado da cerca, as pessoas, tenho de explicar. Nós damos água e a mulher dá milho. Ele quer saber se galinha também precisa de água. Ah, sim, a toda planta e a todo animal a água é indispensável. Então ele sente sede e vem tomar água no bico da mangueira, molhando a roupa num divertimento.

Minha repreensão é inócua, pois o Moa continua molhando o rosto com o brilho dos respingos e, de olhos fechados, a boca escancarada, quase se desmancha em risos. Molha-se todo, e mergulha no prazer da brincadeira. Preciso terminar logo esta rega para tomar conta de meu neto molhado.

Ele volta à cerca e espia pelas frestas entre as ripas, mas agora só vê galinhas ciscando e cantarolando aquele anúncio prolongado, verdadeiro cacarejo, de que hoje teremos ovo. Com as mãos segurando duas varas verticais da cerca, ele encosta a testa na madeira coberta de musgo e limo, o coração aos saltos por causa daquela alegria das descobertas: as aves em sua vida doméstica. O Moa grita e me chama, querendo compartilhar. O sol tira fagulhas de seus cabelos molhados. Daqui a pouco vou lá fingir minha admiração, fazer par com ele.

v

Mas este menino está todo encharcado! vizinho, esta criança. A vizinha grita com pulmões, pois eu já ando por aqui, do outro lado da horta. Então devolvo os gritos chamando meu neto, que não desgruda a testa da cerca a encantar as galinhas com seu olhar deslumbrado. Tiro da cabeça o chapéu com a copa úmida por dentro e com ele no alto faço gestos largos, de meia lua, que o menino venha, este meu neto, o que é minha família. Insisto, com a voz e o braço, e brado severo no exercício da minha autoridade. E como de nada adianta meu esforço, fecho a mangueira e vou ver por que reclama esta mulher com a cabeça embrulhada num pano.

A vizinha fala sem parar, sua voz exaltada contra mim e na minha direção, porque o menino, ela diz, esta criança, seu rosto, então não se vê? molhada como está, talvez até pegue uma gripe, febre.

Um cumprimento de perto a que ela responde com os dois sulcos na testa acima de olhos furiosos. Então não vê? Tudo isso porque passei de idades, meu tempo se foi. Ralho com meu neto e digo que vá trocar já já de roupa e botar uns sapatos, e consulto com mão áspera sua testa e suas faces, rosadas, sim, mas febre nenhuma. Vá logo, Moa.

A criança abandona as galinhas e sai correndo por entre os canteiros, seus carreiros, dando pulos, cabriolando, pois carregava agora consigo mais um conhecimento, que eram algumas galinhas ciscando e outras num cacarejo muito musical.

    O grito e o tombo me chegam juntos, pelo ar que se agita e que ultrapassa os galhos mais altos das árvores. Corro pisando por cima dos canteiros, em linha reta, até encontrar meu neto caído com o sangue esguichando de seu pé preso por um dente poderoso do ancinho. Mas quem foi que deixou este trambolho aqui, de boca aberta para o céu? A vizinha, que trepada na cerca adivinha tudo, corre dizendo que vai chamar um táxi.

    Nenhum de nós dois troca de roupa e como estamos somos largados à porta do saguão do hospital. A maca nos leva, a mim, meu neto e o ancinho, para a sala de pronto socorro. Os cheiros misturados me nauseiam e ameaço voltar à rua para respirar um pouco, um ar sem esta contaminação, mas o Moa grita ainda mais alto. A injeção que a enfermeira lhe aplicou demora a fazer efeito. Por fim, apenas soluça, o rosto inchado e úmido das lágrimas, tantas, e adormece.

    O dente do ancinho, depois de algumas manobras de bisturi, é ejetado e sai sanguinolento, ameaçador. Limpeza, pontos, curativo, a tudo assisto com o estômago revoltado. E cada vez que mexem no pé do Moa, meu pé se encolhe de dor.

VI

Hoje de manhã, a moça da creche passou por aqui para pegar o menino, e a levei até o quarto, onde ele permanecia na cama, o pé todo enfaixado: ele não podia andar. Os dois confabularam aos cochichos enquanto os observava da porta. Por fim, ela saiu sozinha para cumprir sua jornada.

À tarde, na saída do serviço, ela foi me encontrar preparando umas encomendas de verduras e legumes, ali embaixo. Então subimos para casa sem conversar durante o caminho porque meu coração estava batendo muito devagar, talvez por causa do frio que eu sentia no peito.

A moça da creche escanchou meu neto em sua ilharga, bem seguro com seu braço esquerdo e com a mão direita ela segurou a alça da mala com que o menino veio parar na minha casa. Na porta ela se voltou, me encarando muito séria, mas amorosa, e me disse: Agora ele é meu.

Saí para o quintal atrás dos dois e, sentado neste cepo, os vi na subida contra o sol, que brilhava ainda um pouco, mas sem alegria nenhuma.

Aproveito um raio de sol retardatário e vou até o lago. Olho para o fundo, onde nada vejo, retido em meu próprio silêncio, como uma mensagem vinda das sombras.

Agora já está escuro, não tenho, contudo, coragem nenhuma para enfrentar esta casa vazia.

Esta obra foi composta em Sabon e
impressa em papel pólen bold 90 g/m² para
Editora Reformatório em dezembro de 2018.